生活轻哲学

何以捡君还？

僕らが死体を拾うわけ

〔日〕盛口满 著

陈林俊 译

人民文学出版社

PEOPLE'S LITERATURE PUBLISHING HOUSE

著作权合同登记：图字01-2018-5440号

Original Japanese title: BOKURA GA SHITAI WO HIROU WAKE
Copyright © Mitsuru Moriguchi 2011
Japanese paperback edition published by Chikumashobo Ltd.
Simplified Chinese translation rights arranged with Chikumashobo Ltd.
through The English Agency(Japan) Ltd.

图书在版编目（CIP）数据

何以捡君还？／(日)盛口满著；陈林俊译. —北京：人
民文学出版社，2020
　　（"生活轻哲学"书系）
　　ISBN 978-7-02-014895-0

　　Ⅰ. ①何… Ⅱ. ①盛… ②陈… Ⅲ. ①散文集－日
本－现代 Ⅳ. ①I313.65

中国版本图书馆CIP数据核字（2019）第015324号

责任编辑　朱卫净　王皎娇　王晓星
装帧设计　钱　珺

出版发行　人民文学出版社
社　　址　北京市朝内大街166号
邮政编码　100705
网　　址　http://www.rw-cn.com

印　　制　宁波市大港印务有限公司
经　　销　全国新华书店等

字　　数　140千字
开　　本　850×1168毫米　1/32
印　　张　10.125
版　　次　2020年5月北京第1版
印　　次　2020年5月第1次印刷

书　　号　978-7-02-014895-0
定　　价　49.00元

如有印装质量问题，请与本社图书销售中心调换。电话：010-65233595

目录

第一部分
为什么我无所不捡

来自北国的奇怪的信

信一打开，就从里面滚出来一截由纸巾裹着的、像是风干了的树根般细长的东西。我心想，这是什么呀，一边读起了牧子在广告纸背面用蜡笔潦草写着的信。

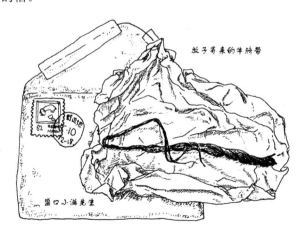

孩子寄来的牛脐带

小满先生（这是我在学校里的绰号）：

我现在正在青森县六所村附近的野边地町。我的任务是陪两个孩子玩、照看牛，以及做家务。昨天又有小牛出生了。我们这里的牛总共有80头左右，小牛大概是10头。我在用超大号奶瓶给小牛喂奶时，发现它身上还有干了的脐带。费了好大工夫，我才用剪刀把它给剪了下来。真的好臭！说起臭，我就想起了鼹鼠（这么说起来，她曾经送过我非常臭的干鼹鼠）。说到鼹鼠，我就想起了小满老师，所以，我把这世上罕见的牛脐带也附在信里一并呈上。真的很臭！就好像是一星期都没刷牙的大叔的口臭。其实还有更加新鲜点的，但比信封里这个更臭百倍，所以我就不寄给你了。如果从信封里渗出点脐带的液体，想想那画面也是挺美的。那么，我们下次在理科研究室见吧。

牧子

原来如此，怪不得整个房间都弥漫着一股古怪的气味。

读完她的信，我不出得苦笑起来，然后再次打量起这根家伙来。

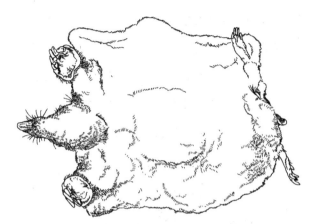

牧子以前在韩国的药材店买给我的干蹄筋

牧子是我任职的学校的学生，假期去相识的农户家帮忙，给我寄了这样奇怪的信来。要说能给我寄来牛脐带（而且是臭烘烘的）的她奇怪，那么，收下她这样礼物的我又该有多怪呢。但是话说回来，这些其实都是有缘由的。

下面，我就将这些"古怪的缘由"慢慢道来。

每天都是下雨天

早上醒来，我蜷缩在睡袋里，发现头顶的帐篷上爬着一条水蛭。我马上用枕边的镊子把它夹下来，然后点着了打火机收拾它。

　　帐篷外面还满是山雾，湿嗒嗒的。连日来空气湿度都在98%以上。淋湿了的卫衣已经在帐篷里晾了两周，可完全没有要干的样子。别说干了，它散发出一股气味，甚至让人怀疑它是不是已经腐烂了。

　　今天轮到我做早饭。我在野餐锅里放入米，用酒精炉煮了两人份的饭。饭煮好后在上面撒一袋"鸡肉饭调料"，搅匀后就大功告成了。

　　大三那年的初夏，我作为调查助手在屋久岛的原始森林里住了约两个月时间。屋久岛本就多雨，我们又正好是在梅雨季节入山的，于是几乎天天下雨。

我很快意识到，衣服就算晾干了也是白搭。于是，后来即使衣服被雨淋湿了，我也继续穿着，靠体温和小炉子把它捂干，反正马上又会被雨淋湿。带来的橡胶鞋本来就是旧货，在这里变得越发破旧，几乎已经开始腐烂了。

那时，最重要的东西

"这怎么看得清啊！"

嘴上虽这么抱怨着，我每天还是一边气恼，一边扛着测量架在海拔1200米的原始森林里到处乱窜。

我本来就不喜欢洗澡，因此在这里不能洗澡我倒也完全无所谓。衣服让雨给淋湿了，烘干就行了。即使是水蛭，我也仅被叮过一次，当时它叮在了我的大腿根部，内裤都被血染红了。然而，虽说我不挑食，这里饭菜的粗劣还是让我深恶痛绝。早饭是鸡肉饭，午饭是方便面，晚饭则是盒装咖喱。天天如此。

一旦肚子饿了，人就会烦躁易怒。当初报名时我们就已经知道是来给原始森林调查工作打下手的，因此也就无从抱怨。但进山两周之后，学长和我组成的调查小组内部似乎已经形成了最恶劣的人际关系——直到后来加入调查的朋友问我，你们好像相互不怎么说话呀，此时我才意识到这一点。

这点姑且不谈，两周以后，我们再次深切地体会到了食物的重要性。于是，我们给大学发了电报："速寄食物。"

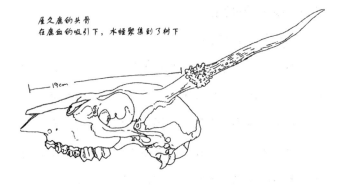

屋久鹿的头骨
在鹿血的吸引下，水蛭聚集到了树下

19cm

第一次意识到"真正的友谊"

我们临时下山，去取寄到了的食物。三大箱东西已经送到，太让人高兴了！我们马上打开来看。

第一箱塞满了方便面，第二箱都是速冻食品，而且几乎都是袋装咖喱，接下来是第三箱。

"这是什么呀？他们怎么想的！"

对着这满满一箱的果脯和鱼干，我们不由得火了起来。这不还是跟以前一样嘛！

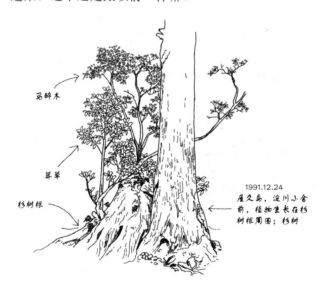

1991.12.24
屋久岛，淀川小舍前，植物生长在杉树根周围；杉树

但食物的数量还是蛮丰富的，午餐一个人可以吃两袋半的方便面。而且，如果在猜拳中胜出的话，晚饭就能吃到速冻炖菜或是麻婆豆腐（当然，输了的话就只能照旧吃咖喱了）。

牢骚归牢骚，事已至此，我们也不能奢求了。而且，等到后来，不仅卫衣和胶鞋腐烂了，连大米都发霉的时候，我们突然发现，咖喱是最能除味的。咖喱在对付发霉大米的怪味方面，比调料之类的有效多了。

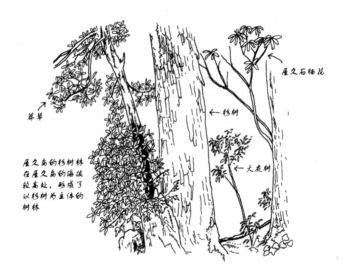

苔藓

屋久岛的杉树林在屋久岛的海拔较高处，形成了以杉树为主体的树林

←杉树

←火灰树

屋久石楠花

然而，整整2个月，我们净是吃这样的食物，这几乎就是一种人体试验。到了调查后期，我和后面赶来的朋友已经直不起腰来了（但不知为什么，学长什么事也没有）。

"这是什么呀？"此时，原本我们瞧不上的杂鱼干发挥了作用。啃完鱼干后，不知不觉地身体就恢复了些力气。

"嗯，看来他们是仔细考虑后才给我们派送的食物。"

此时，我们才第一次赞赏了学校食堂采购员（他也是我们的朋友）英明。不过，后来我问他时，他说当时真是没有考虑这么多。

据说，他们采购时只是遵循了"便宜轻便"的原则。

总之，安全返回学校后，半年内我们都无法直视拉面和咖喱。当然，杂鱼干也不例外。

全力以赴

对于食物的"怨恨"就此打住。在那里住下来后才发现，我们调查的屋久岛真是个神奇的地方！

调查的地点是海拔1200米左右的杉树林。树林里面尽是些参天大树，如果在一般的神社里，这些树都可以称为"御神木[1]"。由于经常下雨，不管是地

1　御神木：又称神木，一指日本古代神道中供神休息的场所，也指镇守神社与神官的历史悠久的古树。

面、树干上，还是岩石上，连山谷里也都密密麻麻地长满了苔藓。周边一片绿色，好像空气都成绿色的了。我生来第一次感受到了"真正的树林"。

我们帐篷附近有棵巨大的"栗中杉"，树干直径达几米，长得矮矮胖胖。这棵杉树里面不仅长有苔藓，居然还有昆栏、樱花杜鹃、旗唇兰、壶花荚蒾等夹生其中，甚至还有其他几株杉树也附生其上，这棵树俨然形成了一片小树林。屋久岛简直就是一个三次元的植物世界。

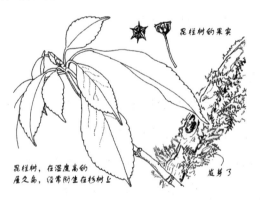

昆桂树的果实

昆桂树，在湿度高的屋久岛，经常附生在杉树上

发芽了

学长在这里画出了一个120米乘100米的方框，然后又在里面画了5米见方的小格，他要调查每个小格子里各长了什么样的草木。

屋久石楠花

棚花杜鹃

从杉树的残根中
长出来的昂栓树,
根盖住了残根

火皮树

1991.12.23
屋久岛,淀川小舍附近

　　首先，为了画地形图，要测量方框面积，然后再把里面生长的树的种类、位置、粗细等记录到地形图内，接下来再调查每棵树枝叶的伸展情况、幼树的发芽程度以及树下生长的草的情况。当然，我还停留在学习调查方法的阶段，光是完成学长安排的任务就已经耗尽全力了。

　　我们这次调查的目的是考察屋久岛上的原生杉树林。不管多高多大的杉树，终究会有倒下的那一天。原生林和人工林不同，在自然状态中，杉树必须自己培养下一代继承者。为了探寻其内部的奥秘，我们住进了大山，嘴里啃着杂鱼干，搂住树干测量粗细，

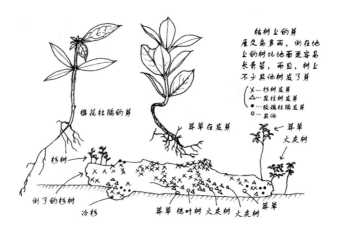

趴在地上观察树芽。

但是，随着调查的推进，我逐渐陷入了不安之中。

一下子失去了目标

我从小就喜欢“生物”。我曾在院子的小角落里开辟过植物园，曾热衷于收集昆虫和贝壳，高中时到处收集蘑菇，考大学时毫不犹豫地选择了生物系。

进入大学后不久我才知道，在我所在的大学里无法学习到我最喜欢的昆虫，当时我既惊讶又失望。不过后来我想，植物也是我以前不了解的，说不定也挺有意思的。正好在那时候，有了去屋久岛调查的机会，于是我果断报了名。

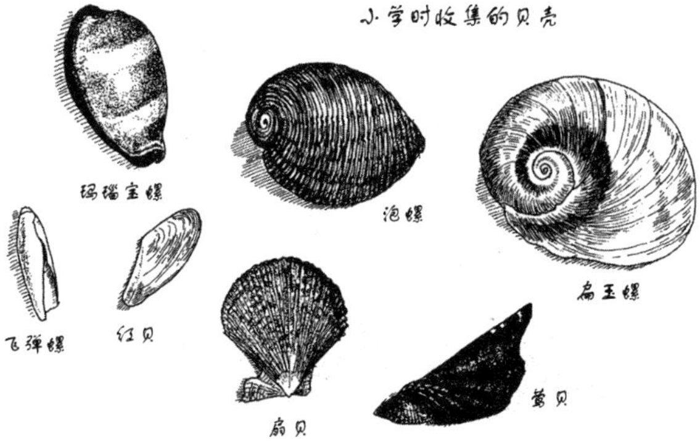
小学时收集的贝壳
玛瑙宝螺
泡螺
扁玉螺
飞弹螺
红贝
扇贝

然而，我生来就怕麻烦。虽然我确实非常喜欢观察生物，但是进行真正的调查，需要毅力与恒心。这次我只是学长的帮手，还不算太麻烦。如果是自己一个人，我能把这样的调查研究坚持下去吗？这种不安让我有些沮丧。

还有，如果一直做这样的研究，我以后会不会连生物本身也厌恶起来？以后会不会只把生物看成是调查的数据呢？我陷入了深深的不安之中。

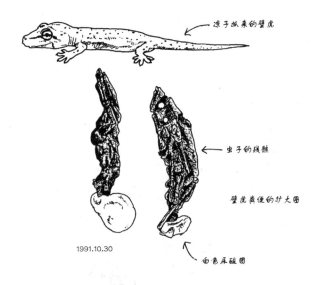

凉子抓来的壁虎

虫子的残骸

壁虎粪便的扩大图

1991.10.30

白色尿酸团

简单说来，跟拉面和杂鱼干一样，如果每天都要这样抱着杉树测量树干周长的话，我会看到树就厌烦的。

"这样下去可不行！"

我一直以来作为精神寄托的"对生物的喜爱"将不复存在了！

就在我惴惴不安的时候，一个奇怪的老师出现了。当时，正好调查告一段落，有两天假期，我们下山回靠近海岸的基地休息和补充食物。

铭藓
附生在树干上的小型蕨类植物。
屋久岛降水量多，是喜爱湿气的蕨类的宝库。在调查中碰到不认识的蕨类时，我常去请教光田老师

"在这里，这里！"

"全吞进去了！"

两个大叔在说些奇怪的话。

我不由得过去看个究竟。

"这只长脚巨蟹蛛吃了小壁虎呀！"

其中一个大叔给我看了装在酒精瓶里的标本，显得非常兴奋。他就是光田老师。

当时遇到的古怪老师

当时，除了我们千叶大学的森林小组之外，屋久岛还有来自其他大学调查猴子、昆虫之类的各种研究小组。光田老师来自京都大学，此次进山是为了研究植物的分类。这是我在基地初次遇到他。

光田老师基本上就是个植物通。他对蕨类植物的分类非常熟悉，后来他在调查地点教会了我许多之前不认识的植物。这个植物通老师，当时逮住了一只刚吃过壁虎的蜘蛛，正兴奋着呢。

"不管是什么，都必须记录下来。"

他发现了无脊椎动物蜘蛛正在吞食脊椎动物壁虎，这太有趣了。但是光觉得有趣还不行，必须把这个发现记录下来——老师告诉我。

　　当然，光田老师也在拼命地制作着有关植物分类的资料，回到调查基地以后，他总是在不停地整理成堆的标本。我光是坐在旁边看着就觉得很有意思了。

　　"这是狸藻。这里的还真小……"

　　"如果像天南星那么粗的话，必须像这样用剪刀把茎一分为二，才能做成标本。"

　　他非常麻利地把一棵棵植物塞进报纸，卷起来包在塑料袋里，喷洒些装在罐子里面的酒精后就马上密封起来。他根本就没有时间去做成树叶标本，这些标本包一个接一个地被堆进了光田老师那辆心爱的旧车里。

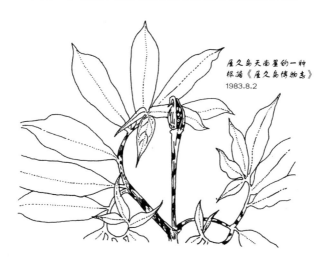

屋久岛天南星的一种
根据《屋久岛博物志》
1983.8.2

老师的样子让我感到了非常强烈的"好奇"。

原本已在不安中逐渐迷失的我，突然好像发现了些什么。

"请您告诉我这种植物的名字……"

我战战兢兢地拿出了自己随身携带的记录本。

在本子里面，我画了不少我不认识的植物，以及在调查中看到的动植物。

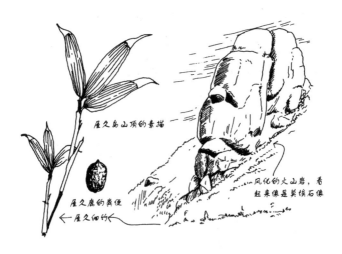

屋久岛山顶的素描

屋久鹿的粪便

← 屋久细的

风化的火山岩，看起来像是奥陕石像

一语点醒梦中人

"画得不错嘛！栩栩如生……"

　　这句话出自我所敬仰的老师之口，让我非常得意。现在回想起来，当时的素描也不能说非常好。但是，那是我在调查之余，在"就想画出来"这种念头的驱使下画的。光田老师察觉到了这一点。

　　我天性简单，从此就确立了目标。未来的事就先放一下。在屋久岛期间，我就好好地画这里的"生物"吧。而且，我要像光田老师那样，以所有的生物为对象。

1983.07.25 屋久岛采摘
于屋久岛花山的调查地

雨后，全有蜗牛爬出来。
我全把它们带回帐篷素描
（摘自屋久岛博物志）

　　就这样，我开始了与时间的较量，在调查之余进行素描。抢先吃完泡面后（吃得快是我众多特长之一），我就马上投入到绘画中去，晚上则在帐篷中就着烛光画。开始这样的生活以后，我发现世上充满了"趣事"。

　　一下雨，就会有蜗牛爬出来，我会很开心。台风来了以后，平时够不着的寄生植物和附生植物会从树上掉下来，这也让我很开心。回到调查基地，晚上会有虫子飞到灯边，我也会把它们画下来，闯进帐篷的蜘蛛和老鼠之类也成了我欢迎的客人（但水蛭还是无法让我接受……）。

　　我的目标是画出屋久岛上所有的生物，所以，哪怕是一片树叶我也会捡起来画。不过，在那里我只住了两个月时间，而且几乎也只去杉树林调查区，因此这个目标当然无法实现。尽管如此，在屋久岛期间，我画的生物达到了233种（一片树叶、一颗嫩芽也包含在内）。

　　画着画着，我突然意识到，我内心深处藏着一个"看尽万物，画尽万物"的远大理想。当时虽然也没有那么肯定，但我已开始隐隐觉得，这就是我"最想做的事"。

后来，我回到千叶，把当时的素描重新绘制，编成了一本书。这就是总共发行了三册的私家版《屋久岛博物志》。

重回旧时路

回想起来，从小时候开始，我就一直在做着类似的事。

小时候，我经常会碰到手头的图鉴中没有的生物。尤其是小型半翅类、飞虱以及长脚蚊等我感兴趣的虫子，那些图鉴里面种类不多。

"既然这样，索性我自己来做个图鉴吧。"

还是小学生的我，突然冒出了这样一个不知天高地厚的念头，而且，还是要做网罗地球上全部生物的那种图鉴。我马上就翻出家里的百科词典，有图的就描摹原图，没图的就根据说明来想象，再画成图。

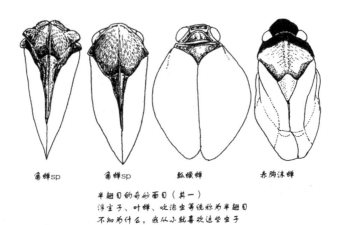

角蝉sp　　　　角蝉sp　　　　瓢蜡蝉　　　　赤胸沫蝉

半翅目的奇妙面目（其一）
浮尘子、叶蝉、吹泡虫等统称为半翅目
不知为什么，我从小就喜欢这些虫子
注：图是扩大图，都省略了翅膀的花纹

　　"躯体扁平，头部较小，躯体从紧靠头部处开始隆起。背鳍有六十棘皮……"

　　当时，我画图主要依据的就是这种晦涩难懂的文字，所以，与现实中的生物可能相距甚远。不过我想，反正手头的图鉴中也没有图，也就无从鉴定正确与否，这样我反而安心了。

　　到了晚上，我会盯着《野生王国》之类的电视节目，一有陌生的动物出现，马上就素描下来。但那画面真是转瞬即逝，这比看着百科词典画图要难得多。

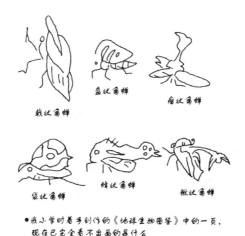

盂状角蝉　瘤状角蝉

栽状角蝉

袋状角蝉　蛙状角蝉　微状角蝉

● 我小学时着手创作的《地球生物图鉴》中的一页，
现在已完全看不出画的是什么

当然，我也不会放过对报纸和杂志的裁剪。

然而，就算是一本百科词典的量，也不是一个小孩可以全部画出来的。而且，不久我在图书馆又发现了一本比我原有的图鉴丰富许多倍的图鉴，于是，我的远大理想大受挫折。

从那以后已经8年过去了，结果我又回到了这条老路上来。我不由得感叹，从小到现在，我没有丝毫长进呀。不过，对我而言，让我重新意识到了自己的梦想，是这次屋久岛调查最大的收获。

其实，对于那个梦想中的《地球生物图鉴》，我到现在还没有完全死心……

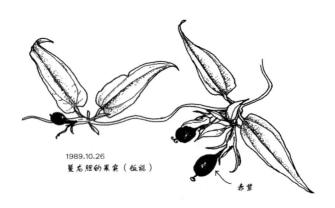

1989.10.26
蔓龙胆的果实（低能）

赤紫

比"发现"更重要的是"辨别"

即便现在，《屋久岛博物志》还端坐在我的书架上。我甚至暗下决心，万一发生火灾之类的，我首先就要带着它走。

前几天，我又翻开了这本沉睡已久的巨著，因为我在植物杂志上突然发现了这样一篇报道——《屋久岛发现蔓龙胆新品种。》

看完后我吓了一跳，这好像似曾相识！我的《屋久岛博物志》里画了跟杂志上一模一样的植物——我竟然在无意中画出了"新品种"！

　　"与长在树下的品种相比，它的叶子更小，但花更大，色更浓。"我甚至还在《屋久岛博物志》里做了这样的注解。

"新品种"花山蔓龙胆
在我的素描记录本中，记有：
"1983年9月1日，与前岳、黑味岳地区长在树下的品种相比，它的叶子更小，但花更大，色更浓。"
（引自《屋久岛博物志》）

　　也就是说，我们调查的杉林里，还长着蔓龙胆的普通品种，当然我也画下来了。在调查间隙的休息日，我曾和朋友两个人去过屋久岛的山顶。在山顶，我们发现了一些那里独有的植物，在有限的时间里全画下来还是很辛苦的。那时候，我们碰到了与平时看惯了的蔓龙胆不同的品种。我心想："这是高山地带的变种吧？"于是就画了下来，后来就忘了这件事。

　　原来那就是新品种啊。采集到这个蔓龙胆新品种的，正是光田老师。采集日期几乎与我同时。看来，能否发现新品种，关键不在于"能否发现"，而是"能否辨别出来"。

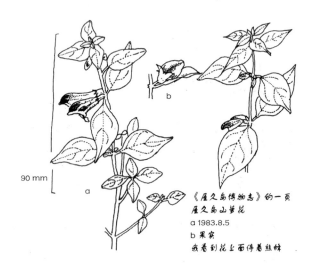

90 mm

《屋久岛博物志》的一页
屋久岛山荸花
a 1983.8.5
b 果实
我看到花上面停着熊蜂

　　于是，我又想起了光田老师说过的"什么都得记录下来"。

　　我没有眼力分辨出新品种，但在我胡写乱画的素描中却出现了新品种。我不是在屋久岛的山里面，而是在这沉睡已久的《屋久岛博物志》中，发现了新品种！

看来，万一着火了，我还是得先救出这本书。

致命的误会

《屋久岛博物志》完成时，光田老师来到了千叶大学。我激动万分地等着，希望尽快让老师看到我的书。

面对好久未见的光田老师，我就像第一次给他看笔记时那么紧张。我鼓足勇气，递出了我的《博物志》。

"唉，这些画都已经死了呀……"

翻看了我的书后，光田老师第一句话就让我备受打击。这完全出乎我的意料。

我完全愣住了。究竟是哪里不好呢？在屋久岛时，我在笔记本上密密麻麻地画满了图。在编订成书时，我又把这些画重新画成了一张张卡片。一方面，我是没钱去复印图画，另一方面，我也想乘机把在现场没画好的画重新润色好，而且，做成卡片之后也便于整理。我在图书馆熬到很晚，一张一张重新画出来了。这还有什么不好呢？

我这个人本来就很笨。上了中学才会骑自行车，动手能力很差，也没有绘画才能，只不过是因为喜欢，坚持不停地画，才熟练到了一定程度而已。而我，却误把这种"熟练"当成了"巧妙"。

光田老师提醒我，直接面对生物画出来的作品，一旦进行了重画，马上就会失去生机。

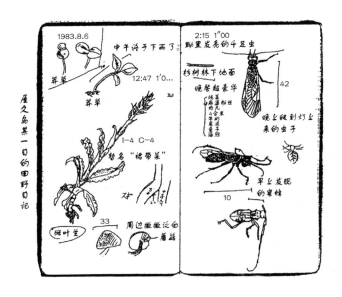

于是，直到现在，我还只有在面对生物时才会画画。我不停地提醒自己，永远都不能忘记光田老师的教诲以及自己的愚笨。

此后，我再也没见过光田老师，信都没有写过。但是，老师对我的教诲，要远比《屋久岛博物志》重要得多。

一念既起，前路确定

终于到了大四。我以前只想着"进生物系"，现在必须考虑接下来的去处了。

当时每周一次的英语论文阅读讨论课已让我苦不堪言，那还读研吗？听说考试有英语和德语，光听到这个就已经让我胆战心惊了。同时，我的"慢性缺钱综合征"也开始病入膏肓。家里汇来的1万日元眨眼间就在喝酒、约会和调查中告罄。碎面包倒是可以免费吃，校园里也可以捡到橡果。另外，我还在停车场旁边空地里种了点红薯。但每天净是吃这些，已经让我腻烦了。

石柯的美味吃法！

①切开外壳后放入锅里煮

②用菜刀切碎后放在碗中捣碎

③捣成粉状后，加入糖、牛奶、横油和鸡蛋，搅匀之置

④用电磁炉烤后，偏彼曲奇饼就完工了

果实没有开口，煮或煎了之后可以食用。大学时期我就是这样吃的，但吃得太多会不舒服

　　这样看来，我们在屋久岛时吃的远比现在豪华。还是去工作吧！我下了决心。

　　那么，有没有什么单位我可以在里面继续观察生物，绘制"博物志"呢？从常识来判断，这种单位应该是不存在的。那怎么办呢？

三叶木通的果实
（1993.10.3）

在教师录用考试中，有个模拟授课环节。思考再三，我最后决定讲"能吃的树的果实"。到现在为止，我一直都保持着这种用食物来吸引学生的授课方式

教师。

此时，教师这个职业第一次让我觉得亲切。不过，我这个人不聪明，害羞，嘴又笨，这样的我可以胜任教师吗？谁知道呢，还是先试试吧。

第一次参加公立学校教师录用考试，我就毫无悬念地落选了。在面试时，考官问我，"你最尊敬的人是谁？"这可是我最不擅长的问题之一。我一五一十地回答了，但对方不知道是谁。我拼命地解释，最终还是没能表达清楚。结果，回答很语无伦次。当然，可能也不仅仅是因为这个问题，反正最终公立学校没要我。

第二次考试后，怎么也等不到结果通知，于是我打电话过去问了，结果对方的回复很奇怪："我也不清楚，应该录取了吧。"

这算什么回复呀。

对方在电话里继续说："总之，你先过来签约吧。"

和女朋友的痛苦分手

据说，那个"自由森林学园中学"在一个叫做"饭能"的地方，但这地方我从来没有听说过。

有个毒舌的朋友劝我说："私立学校？不都是些有钱人家的少爷吗？这工作不适合你吧。"

一向说话不饶人的老妈就更不客气了："那种学校不知什么时候就倒闭了，你别去。"

说实话，我也在犹豫。最大的困难在于我不想和交往中的女朋友分开。后来，我下了决心——算了，就当没有这事吧。不过，既然人家这么说了，还是应该去对方办事处表示谢绝。

"非常感谢您的厚爱，但我想还是……"

在饭能站附近的办事处，我话还没讲完，和蔼可亲的男职员就说："既然来了，我们看看学校去吧。"

他带我上了车。

车子离开市区，沿着河边公路往山里开去。路过了小小的牛棚，来到了更加狭窄的山路。在群山环抱之中，那所学校还在施工。

周围被小山环绕
不过，最近还附近在建
高尔夫球场

自由森林学园周边地图

体育馆

校舍建在山丘之上

草地，学生们经常在这里
晒太阳

学校对面山丘，
住着老鼠和狸猫

湿地

　　当时（1984年），新建的自由森林学园中学还没有完工。当我站在绿色环绕的山坡上时，我感到之前的决心明显动摇了。在这种被大自然环抱的地方当教师，是件多么幸福的事啊！

　　于是，我就这么在这里工作了9个年头（也因此，我和女朋友分手已经9年了）。唉，我基本上就是一个这么不靠谱的人。

　　当了老师后，我大吃一惊：万万没想到，当了老师居然要比当学生时还更加刻苦学习。

　　"不会吧。"

我也这么想过，但是没办法。教中学生时，我甚至不得不去啃比英语还痛恨的物理。

更加痛苦的是，我们学校经常使用自编教材。即使是我原本还比较擅长（？！）的生物，一旦成了课程，也另当别论了。为了所谓的"备课"我吃尽了苦头。我经常梦见自己备不出课，茫然呆立在教室里。

有一年元旦，我再次梦到这个场景时，想辞职的心都有了。

噩梦般的日子

之所以会做噩梦，原因其实很简单。虽说"喜欢生物"，但自己还没有非常了解生物。自己都没有"料"的话，给学生讲课自然是很困难的。

我还是重新从观察大自然开始吧。屋久岛的原始森林非常神奇，那里有许多珍稀的生物。那么，我对学校周边的自然又了解多少呢？在学校任职一年后，我终于回到了原点。

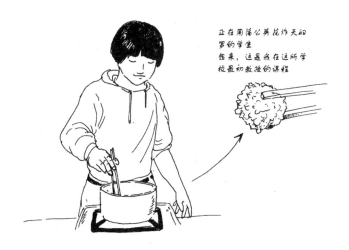

正在用蒲公英花炸天妇罗的男的学生
起来，这是我在这所学校最初教授的课程

　　于是，我开始了"理科通信"《饭能博物志》的发行，其实也就是不定期发行的一张薄薄的B4纸。我以学校周边为中心，开始了对生物的介绍。我的初衷是为了学生，后来发现是大错特错。因为写这份通信，最终还是我自己最开心。

　　我在教室里分发的《饭能博物志》，马上就变成了垃圾散落在各处，这让我很受打击。但仔细想来，我不应该感到伤心。归根结底，我并不是为了别人在写博物志。能这样想以后，我做噩梦的次数也减少了。

"拿动物的尸体去的话，那家伙会开心的。"学生中逐渐有了这种传闻，于是学生们纷至沓来。

"我捡到鼹鼠了。"

"我捡到小麻雀了。"

"这是什么啊？"

我把这些发现都发表在博物志中，学生捡来的东西，我还可以用于教学，这样又会让学生捡到别的东西。

"我捡到鸟了！它掉在院子里了。"

安野捡来了灰椋鸟。

"怎么样，你打算吃吗？"

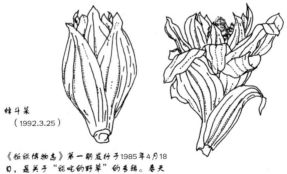

蜂斗菜
（1992.3.25）

《饭饭博物志》第一期发行于1985年4月18日，是关于"能吃的野草"的专辑。春天的时候，摘蜂斗菜和节节草还是蛮有趣的

"要解剖吗？"

"做标本吗？"

他们叽叽喳喳地问个不停。

"取骨头。"

我这样回答，他们又接着问。

"你会一边笑着一边取骨头吗？"

于是我无所不捡

让学生去捡东西的诀窍，就在于要让他们好奇。既然难得捡了个动物尸体这么不吉利的东西，对于学生而言，我保持些神秘感还是更好些。

于是，不管他们问"你吃吗？"还是"一边笑一边解剖吗？"，我都毫不介意。当然，我肯定是不会吃的，但拿到后欣然一笑还是会有的吧。

捡到了灰椋鸟雏鸟

　　理科研究室（理科课程教师的聚集地）里我桌子周围，堆满了这种东西。写这篇文章时，我顺便在桌子周边进行了一下"探险"。这真是潘多拉的盒子。

　　最上面的抽屉里面，有狐狸的粪便、巴厘岛的神符、解剖时用来除臭的香料、蚕的成虫、田螺壳、等等。

　　第二层有抹香鲸的牙齿、榴莲的种子、水晶、貉的大腿骨等等。

　　第三层有狗的颚骨、灰椋鸟的骨头、干壁虎、草蜥的粪便、北海道梅花鹿的粪便、学生吃剩的甲鱼骨、印度的蝗虫、日本林蛙的骨头等等。

　　在最下面的抽屉里，熊掌做的钱包、吉丁虫、中药的药用蟑螂、泰国田鳖甲风味的酱油、龙蜥酒、树叶化石等堆在了一起。

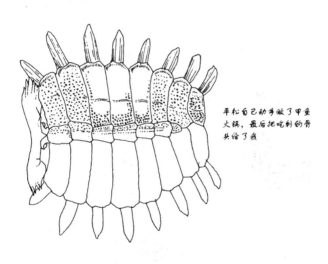

平松自己动手做了甲鱼火锅，最后把吃剩的骨头给了我

何以捡君还？

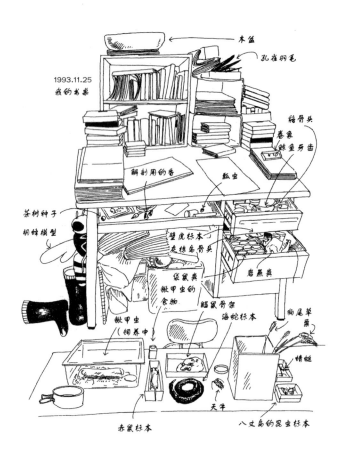

后面的架子上，除了和学生们一起做的金枪鱼头骨标本，还有海龟、貉、野猪、鸽子等的骨头，以及小麻雀，被蛇吞下去的小山雀、香蕉花、果子狸的内脏、貉胃里面食物的酒精标本等，放得满满当当的。另外，在摆放实验用器材等的理科准备室，以及我自己的家里，都不知道具体还有什么了。

"什么都必须记下来。"

我忠实地遵照着光田老师的教诲。不久，这里又加入了开头说到的牧子寄来的"牛脐带"。

但是，我后来渐渐地领悟到，什么都得记下来，并不仅仅意味着桌子里的破烂玩意越来越多。

何以捡君还？

小铃和广子每天都在学校附近的树林里给松鼠投食，同时进行观察。有一天，她们带来了一个用树皮做的窝，问戒缜："这是松鼠的窝吗？"

安田君→

（1993.5.6）

戒笑纳了

小铃→

松鼠窝？

第二部分
我们为什么捡动物尸体

大吉捡到了鼩鼹

"这里有鼹鼠！"

学生又来我这里了。

当时正是学期末，我还在写着学生成绩册——就像普通学校里的家长通讯册。我得给320个学生逐一

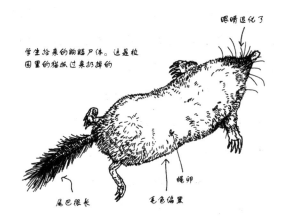

学生拾来的鼩鼹尸体。这是校园里的猫抓过来扔掉的

眼睛退化了

尾巴很长

蝇卵

毛色偏黑

写评语，而不是给个分数就可以的。当时正忙得焦头烂额。说实话，哪有工夫看什么鼹鼠。

"还是活的哦。"

听到这句话，我马上撇开了成绩册。以前我也收到过几只鼹鼠，但都是已让在校园里游荡的猫撕咬、玩弄死的，很难有机会碰到还活着的鼹鼠。

我看了大吉带来的纸袋子，确实是鼹鼠，但准确地说，这是比鼹鼠小一圈的小伙伴——鼩鼱。其颜色黑得多，比起鼹鼠来，它的腿也更纤细些。

"你在哪里发现的呀？"

"在多功能大厅里。"

怎么会在那种地方呢？虽说是一楼，但平时都是关得很严实的。应该是从哪儿偷偷溜进去，被困在里头的吧。体力肯定消耗了不少。

"它好像很虚弱，不要紧吧？"

"我抓到时，它还缩着身子叫来着。"

"这家伙估计得饿死。如果困在大厅中已经有一段时间，那就危险了，说不定没救了。"

"那我们去给它找食物。"

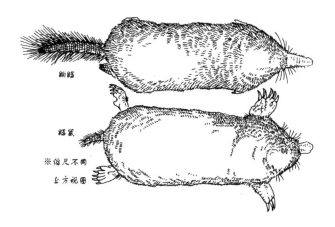

鼩鼱

鼹鼠

※缩尺不同
上方视图

　　"好，我来找饲养箱。"

　　于是我和大吉马上分头行动了。

　　我找出了以前用来养老鼠的水缸，在底部铺了些落叶。理科研究所里的蚕正要孵化，我顺手拿了几只成虫来，投进去给它做食物。

　　"我抓到蚯蚓了。"

　　大吉急匆匆地回来了。

鼩鼱下方视图

做最后的努力，然后听天由命吧

我们把蚯蚓倒进了水缸，然后把鼩鼱从纸袋里移了进去。正如大吉说的，一碰到它，它就蜷缩起来了。但是，到了水缸中，它又摊开来，而且手脚还在不停地抽搐。至于蚯蚓，它看都不看。

"看来真不行了。"

我这么想着，决定再观察一段时间。说不定，鼩鼱是在被抓的时候吓着了。在这期间，我再去稍微"工作"一会儿吧。

大概30分钟后，我再去看的时候，情况更加严重了。它已经完全不动了，抽搐的间隔也在变长。我把它拿出来放到桌上，它也毫不抵抗。

"怎么办呢？"

实在没办法的话，还不如把它放了。但是，这种状态放了的话，它肯定就这么死掉了。我想说"干脆放到冰箱里去做新鲜标本吧"，但鼩鼱毕竟没有完全停止抽搐，我还不能那么做。

只能做最后的努力了。我把筋疲力尽的鼩鼱裹在纸巾里，用手握住，心想，还是先让它暖和起来吧。

　　它们容易饿死，这与它们的身体大小有关系。和我们一样，它们也是恒温动物，需要总是保持一定的温度。但它们的身体很小，正如和浴桶里的热水相比，茶杯的水更容易变凉，身体越小，体表面积相对于身体的比例就越大，热量也就越容易流失。于是，为了补充热量，就需要不停地吃东西。身体大小和热量之间存在着这样的规律。

　　现在，眼前这个鼩鼱已经连吃东西的力气都没了。被大吉发现前，它就已经因为食物不足而身体变凉，无法动弹了。如果是这样的话，我用手给它取暖，说不定会奏效的。

　　总之，我只能这样赌一次了。

鼩鼱的侧面图

何以捡君还?

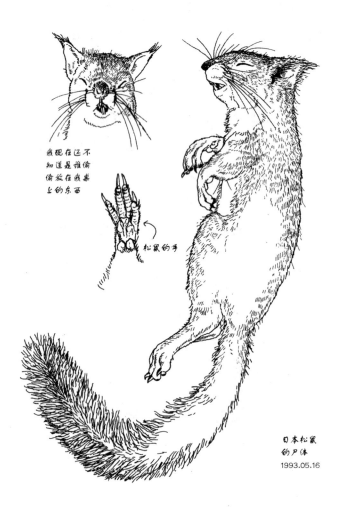

我现在还不
知道是谁偷
偷放在我桌
上的东西

松鼠的手

日本松鼠
的尸体
1993.05.16

又开始横冲直撞了

不是自夸，我的手确实很暖和。我左手握着鼩鼱，右手继续写成绩册。

我担心手心温度不够，还时不时朝它吹吹气。

30分钟过去了。也许是我的错觉，它的抽搐间隔变短了。总之，它还没死。我感觉我的方法奏效了。

于是我继续把它握在手里。握着握着，我又想到了新办法，我决定给它喂些水。刚刚它还一直没有反应，嘴角一碰到水，它居然就咂起嘴来了。

"太好了！"

我越发开心了。仔细一看，它的鼻尖上还沾着灰。看来它确实是在大厅里到处乱钻，最终筋疲力尽了。鼩鼱和鼹鼠一样，眼睛已经退化了，于是，鼻尖和胡须成了非常重要的感觉器官。然而，它的鼻尖现在已经沾满了灰尘，干巴巴的。这样可不行！

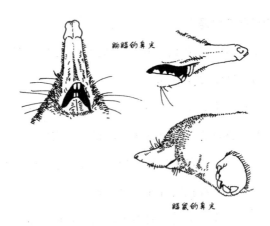

鼩鼱的鼻尖

鼹鼠的鼻尖

于是，我给它的鼻尖也洒了些水。

突然，本来还奄奄一息的鼩鼱在我手里用力挣扎起来。它终于活过来了！

我赶紧把它放回到水缸里。跟之前完全不同，这次它在水缸里到处乱跑。太好了！

鼩鼱还在缸里舔起了毛，与刚才那副奄奄一息的抽搐样完全判若两"鼠"。迄今为止，我已经见惯了死鼩鼱，眼前这活蹦乱跳的家伙给我的印象完全不同：不是松弛地摊开，而是整个身体滑溜溜、圆滚滚的。

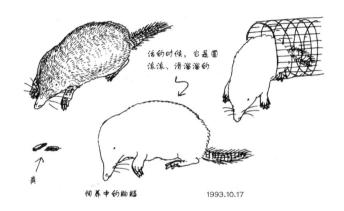

活的时候，它是圆滚滚、滑溜溜的

粪

饲养中的鼩鼹　　　1993.10.17

我把蚯蚓拿到它嘴巴前面。

"这回你得吃哦。"

它如果不能自己吃东西保持体温，那就不好办了。终于，鼩鼹吃下了蚯蚓。

"鼩鼹活过来啦！"

我对正好来探望的大吉说。

果然是个饿货

大吉马上又去寻找蚯蚓了。必须确保今天整晚有足够的蚯蚓，以防它被饿死。

鼩鼹又吃蚯蚓了。

　　但是，看起来它还是显得有些笨拙。明明蚯蚓就在眼前爬，不知道它是不是没注意到，常常不去吃。吃相也很不好看，往往把蚯蚓从中间咬断。

　　第二天早上，我很不安地去了学校，幸好，它还活着。

　　于是，我决定把照顾鼩鼱的任务托付给远比我擅长饲养动物的理科老师、我的朋友安田。我们俩以前都说过想饲养鼩鼱，这么宝贵的机会，还是让给擅长此道的人吧。我这个人怕麻烦，如果放在我这儿的话，估计鼩鼱就离饿死不远了。

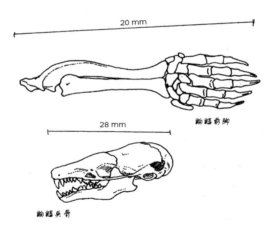

鼩鼱前脚

鼩鼱头骨

安田从此开启了捕捉蚯蚓的人生。移居安田家后的鼩鼱本性不改，依旧是吃货一个。每次碰到我，安田嘴里总是重复着一句话：

"不行，我得去捉蚯蚓了。"

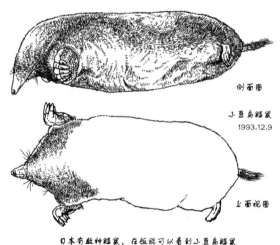

侧面图

小豆岛鼩鼱
1993.12.9

上面视图

日本有数种鼩鼱，在饭能可以看到小豆岛鼩鼱

安田每天都在为捉蚯蚓而疲于奔命，可是，一捉回去鼩鼱马上就风卷残云，完全存不下粮食。我听说后，不禁暗自庆幸，幸亏当时把这机会让给他了。

"到渔具店去买蚯蚓怎么样？"

我心想，最起码我也得给个建议吧。

"不行啊，太贵了，而且渔具店的蚯蚓太小了。另外，很奇怪的是，它完全不吃。"

安田一副无精打采的样子。他还买了给小动物吃的粉虫，以备不时之需，然而还是太小，怎么也填不满鼩鼱的胃。他还尝试着喂过肉馅，但它不吃。看来，鼩鼱还真是"蚯蚓命"！

当时正值学期末，我们俩都忙得焦头烂额。而就在这个时候，安田病倒了，再也不能去捉蚯蚓了。

毫不稀奇的鼩鼱尸体

最后，抱病在身的安田的努力都化为泡影，鼩鼱由于蚯蚓不足而日渐衰弱，终于一命呜呼。

这次大吉捡来的鼩鼱，尽管只存活了很短时间，但还是让我见识到了"活鼩鼱"的样子。在饲养过程中，我产生了一连串的疑问。

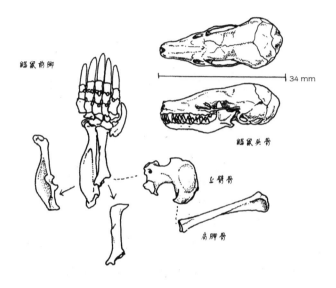

鼩鼱前脚

34 mm

鼩鼱头骨

上臂骨

肩脚骨

"鼩鼱这么笨，在野外是怎样捕食蚯蚓的呢？"

这是我和安田都想问的问题。

"到底蚯蚓是在什么地方，如何生活的呢？"

为捉蚯蚓而费尽心思的安田，甚至把兴趣扩大到了蚯蚓的生存状态。

对于我们而言，饲养鼩鼱还是首次，而且从来没有在野外观察过鼩鼱（也没有观察过蚯蚓）。尽管如此，对于我们来说，鼩鼱不是多稀奇的动物，因为学生们隔三差五地会捡尸体过来。

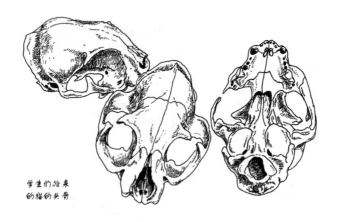

学生们捡来的猫的头骨

　　校园里面住着几只学生捡来的猫，它们间接地成了我的手下，不断地从周边给我捉老鼠和鼹鼠之类的过来。捕到了老鼠和鼹鼠，它们几乎不怎么吃。（其原因，据说是由于它们有体臭。）

　　因此，学生们才能够捡到它们的"剩菜"，送到我这里来。

　　（这样说来，我觉得自己就是在给这些猫处理残羹冷炙。）

　　对于我们而言，与鼩鼹的"日常会面"，都是以这种尸体形式。

　　"小满（学生总是这样喊我），这个怎么办啊？

吃吗？"

看吧，每次学生拿鼩鼱尸体过来，都会重复这个问题。问我怎么办，我也不确定。总之，先存放到冰箱里面，数量积攒到差不多时，就给学生实习，用来做标本。

建校以来的9年里，学生拿来的鼩鼱尸体，再加上那些为我提供信息的在内，总计已经达到了24具。

24具鼩鼱尸体之迷

当然，并不是每具送来的鼩鼱尸体我都很用心。然而，当我列出这9年时间里记录的24只鼩鼱的死亡事实时，我发现了某种倾向。

首先，24只鼩鼱的死亡按季节来分的话，分别是冬天1只，春天12只，夏天6只，秋天5只，其中，春天是最多的。从月份来看的话，4月份死了7只，约占全部的30%。继而是5月和11月各4只，6月和7月各3只。这样的分布有什么原因吗？

不过，这样只不过是看到了"倾向"。我们再从其他方面来看这个问题吧。

遭遇交通事故
而死的貉
1991.11.20

同样经常被送来的动物，还有貉。貉没有被猫咬死的，死因最多的是交通事故，这9年内，因交通事故而死的貉仅在学校附近就有38只。

具体来看，秋天20只，冬天10只，夏天和春天各4只。鼩鼱在春天死亡最多，而貉则多在秋天。根据东京都町田市统计的貉交通事故死亡数据，在全部312件中，有158件发生在9月至11月。

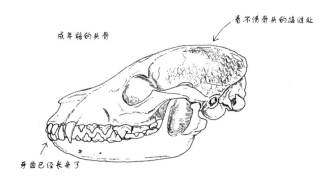

为什么貉的事故死亡会呈现出这种季节性呢？其原因在于貉的"生活方式"。秋天正好是年轻的貉长大后离开家的季节。在离家途中，或是由于还不习惯独自生活，或是正在到处寻找生活地点，很容易遭遇交通事故死亡。

那么，鼩鼱的死亡偏重于春天，也是由于同样的原因吗？鼩鼱的繁殖期是什么时候呢？

稍稍明白了一些

"鼩鼱的繁殖期是每年一次，集中在三四月"，在岩波书店发行的《自然爱好者入门（春）》（新妻昭夫编）中，曾研究过各类小动物的都留文科大学今泉吉晴老师这样写道。这么看来，和貉一样，刚刚出生不久的鼩鼱年轻个体也容易死亡。

事实上，今泉老师也曾像我一样收集过鼩鼱的尸体，作为研究数据。据他在书里的记录，5年间收集的78件中，有65件集中在春天。非常惭愧的是，尽管当时我也有篇文章被收入该书，但直到这次写作，我才想起了今泉老师的这篇文章。

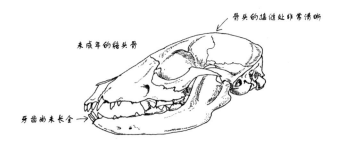

总之，今泉老师不仅仅限于收集鼩鼱的尸体，他还通过对尸体骨骼等的观察，证明了春天捡到的鼩鼱尸体事实上是年幼的个体这一事实。

果然，不管是貉还是鼩鼱，动物死亡的季节变动间接地显示了该动物的繁殖周期。尽管捡尸体不能洞悉"一切"，但有时也可以像这样"有所发现"。

我们再看看别的例子吧。在总共10具黄鼠狼尸体里面，有7具出现在冬天。那么，我们是不是可以说，黄鼠狼多死于冬天？

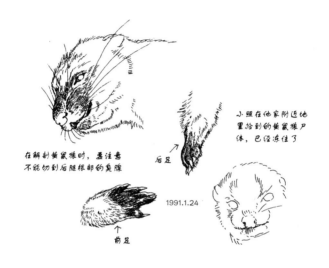

在解剖黄鼠狼时，要注意不能切到后腿根部的臭腺

后足

小照在他家附近地里拾到的黄鼠狼尸体，已经冻住了

前足

1991.1.24

然而，通过文献发现，黄鼠狼幼崽离家的季节和貉一样，都是秋天。那么，不应该也是秋天的死亡数量最高吗？是不是还有其他原因使得黄鼠狼容易在冬天死亡呢？但是，问题在于，捡到的黄鼠狼总数太少，仅仅10件，偶然因素太大。

由此可见，捡动物尸体也只有通过"积尸成

山"，才能够有所发现。

关于黄鼠狼，说不定还要再等10年左右才能够有所发现吧。

同样，作为鼩鼱同类的鼹鼠和地鼠，数量分别只有10件和6件，看来对它们的研究也还有待时日。

不过，也没必要太过着急，慢慢来吧。

地底潜行

话虽如此，难道我以后10年就这么干等着收集动物尸体吗？我们可以先利用手头现有的动物尸体，来看看有什么发现吧。

首先看外观。所有拿鼩鼱来的学生，几乎都是这么说的："我捡到鼹鼠了。"

确实，鼩鼱是鼹鼠的同类，但是，如果把鼩鼱和鼹鼠放在一起对比的话，它们的区别是显而易见的。鼹鼠的前足呈铲子状，而且是向身体两侧张开的，这种体型非常有利于在泥土中挖掘。

另一方面，鼩鼱的眼睛已经退化，尽管脚指甲很长，但其前足要纤细得多。

因为需要在土里面挖洞，所以鼹鼠才成了这种体型，那么，鼩鼱是不是不怎么挖洞呢？

与鼹鼠相比，被送来的死鼩鼱要多一些，这会不会与它们的体型也有关系呢？当然也可能是由于鼩鼱本身数量就比鼹鼠多，但与在地底下深挖洞的鼹鼠相比，在地表附近生活的鼩鼱，更容易被猫逮到吧。

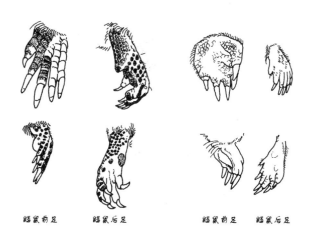

鼹鼠前足　　　鼹鼠后足　　　　鼩鼱前足　　鼩鼱后足

"那么，为什么猫就不逮鼹鼠呢？"

"是啊，鼹鼠有时候也会到地表来的呀。"

作为地下生活者的鼹鼠，时不时也会来地面。

"我今天遇到了一只横穿马路的鼹鼠。当时正好有辆校车开过来，于是我挥手喊停了校车。鼹鼠拼命地跑过马路，又躲到地里去了。以上就是鼹鼠横穿马路事件。由纪。"

有一天，由纪在我理科研究室的办公桌上留了这样一封信。猫平时到处晃荡，但它们应该不会错过这种逮住鼹鼠的机会吧。

野外课程

在野外等鼹鼠，结果，这天鼹鼠没有出现，我们只采集了洞穴的石膏模型。
（1993.7.8）

先在鼹鼠洞穴上插好带铃铛的吸管

右奈↗

杀气顿消

这么说来，我也想起了前几天的事。有一天，我坐在树林里画画，突然发现有只小兔子正在我面前慢慢踱步经过，我吓了一跳。

　　同时，我还注意到旁边地面有两次悉悉窣窣的动静，现在想来，那应该是鼩鼱吧。当时我在专心致志地画画，好像不知不觉中就消除了鼩鼱的"杀气"。

　　平时在树林里到处跑，也很少碰到这种机会。要想看到动物，好像还是"埋伏型"好些。猫虽然平时整天在到处闲逛，但从性格上来看，也算是埋伏型生物吧。

　　和鼹鼠、鼩鼱一样的食虫类动物中，还有地鼠和河鼠等也住在学校周边（顺便说一下，普通的老鼠和松鼠、鼯鼠等一样，都是啮齿类）。

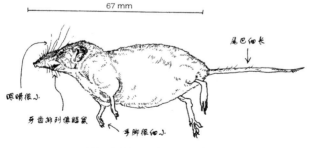

地鼠不是老鼠，而是鼹鼠的同类

　　地鼠的体型比鼩鼱还要纤细，眼睛退化了，耳朵和尾巴都很大，正如其名，与老鼠很像。

　　不过，据说所谓哺乳类动物的祖先，体型上都接近如今的地鼠，为了适应地底下的生活，才会有从鼩鼱向鼹鼠的体型变化。而一般的老鼠和猴子等其他哺乳类，都是从这个地鼠君的样子进化而来的。

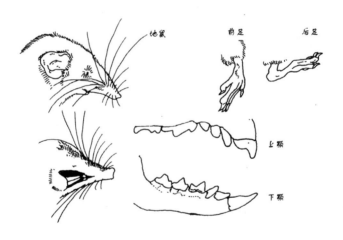

　　而这个保留了伟大祖先容貌的地鼠君，我这里收到的都是它们的尸体，我至今还没有见过它活着的样子。

至于河鼠，我连尸体也没有收到过。这家伙生活在河边，适应了在水中捕鱼，如今已是食虫类。再厉害的猫也不会去水里帮我捉河鼠，当然我也就捡不到便宜了。尽管如此，我还是知道学校附近住着河鼠，曾有学生亲眼看到有河鼠在躲躲藏藏。

"一开始，还以为是什么呢？那是鼹鼠的同类吗？"

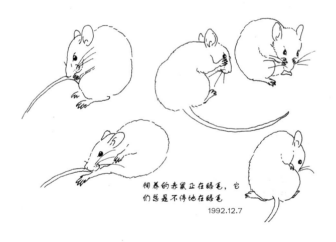

饲养的赤鼠正在舔毛，它
们总是不停地在舔毛
1992.12.7

据在河边蹲点的学生说，他也曾看到过河鼠。我不甘心，于是也去了河滩，但在那里蹲点真不是件容易的事。才30分钟，我就受不了，最后只得作罢。

结果，到现在为止，我还没有亲眼见过河鼠，而这9年间，听说学生见过河鼠4次。当然，肯定也有人看见了而没注意吧。看来，观察动物最有效的"猫道"精髓，学生们远比我领悟得好。

乱七八糟的蜱螨和跳蚤

刚才稍稍有些跑题了，我们再回到鼹鼠吧。

拿在手里的鼹鼠尸体，皮毛就像是天鹅绒一般，摸起来很舒服。学生们也很喜欢这种手感。对于鼹鼠来说，这应该也是有意义的。

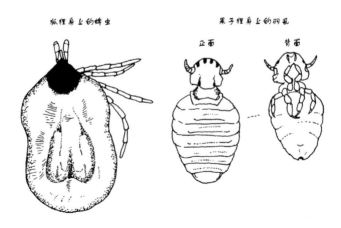

狐狸身上的蜱虫　　　　　果子狸身上的羽虱

正面　　　背面

有了这种皮毛，泥土就很难沾到身上，在洞穴里面移动时，也不会被卡住吧。我没有饲养过鼹鼠，所以没有见过，但大吉带来的鼩鼹确实曾反复舔毛进行打理。那么，鼹鼠当然也会这样做吧。毛一旦脏了，体温就容易流失。前面我也写过，体格较小的动物本来就容易体温降低。舔毛可不是为了要俏或是博人眼球。

就像这样，光是观察动物尸体的外观，就已经相当有趣了。而且，它们是可以拿在手里反复观察的。我真想能快点看到河鼠的尸体。为了适应在水中的生活，它们的身体发生了哪些变化呢？

说点题外话，据说著名的博物学家南方熊楠曾因自己观察的"粘菌"屡次被蛞蝓吃掉，一气之下就训练出了专门捕捉蛞蝓的猫，那我或许也可以训练专门捕捉河鼠的猫吧。

鼹鼠的尸体可以放在手里观察，但是貉的尸体，却不能这样做。不是由于它太大了不好拿，而是实在不想用手去拿。因为上面乱七八糟地爬了不少的蜱螨和跳蚤。

老鼠的尸体上也会有蜱螨，被车撞死的野兔耳朵上也会有很多只大蜱螨。狐狸身上有蜱螨，果子狸身上也有羽虱。

然而，回想起来，鼹鼠却没让我有这种感受。难道在鼹鼠和鼩鼱身上不会长蜱螨和跳蚤吗？最起码它们没让我注意到，这是确确实实的。

"哲人"佐久间的名言

在我印象里，尸体上蜱螨最多的是貉。随着体温降低，这些蜱螨会逐渐爬到毛的顶端。

"它们知道它就要没体温了吧？"

"那么，如果往袋子里灌点热水吊起来的话，蜱螨会爬出来吗？"

"我们猜拳吧，输的人把手伸进去，怎么样？"

"绝对不行！"

看着装入了貉尸体的袋子，我曾和平松这样聊过。在解剖貉时，需要将貉从袋子里取出来，然后再剥皮。

如今，去除蜱虫的最好办法，就是泡在热水里，或是进行冷冻。冷冻法尽管也常用，但解冻非常麻烦。下面是泡在热水中的结图

解剖时，大锅是必需品

　　"要是把这些蜱螨带回宿舍的话，肯定要挨骂的。"

　　虽然都已报名参加解剖，但看到蜱螨后，住宿生还是不由得嘀咕起来。其实，我也曾多次不小心把它带回家，结果老婆看到被炉上爬了蜱螨后雷霆大怒。（刚刚忘了说了，在这9年间，不知不觉我家里也有了女主人）。

1989.2.16

我还没怎么见过活络的样子。这幅图是根据窑田的自动摄像机照片描摹的

　　但是，仔细想来，这些蜱螨其实也很可怜。作为寄主的貉一旦因交通事故而死了，那么它们也就走投无路了。

　　"对于蜱螨来说，这只貉就是全宇宙了。"

　　佐久间经常会冒出些颇具哲理的句子，这话我也深以为然。

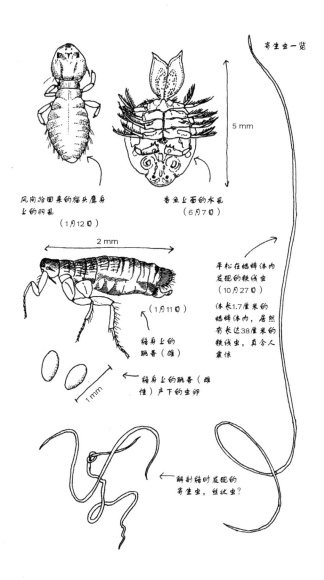

寄生虫一览

5 mm

风间捡回来的猫头鹰身
上的羽虱
（1月12日）

香鱼上面的水虱
（6月7日）

2 mm

（1月11日）

猪身上的
跳蚤（雄）

猪身上的跳蚤（雌
性）产下的虫卵

1 mm

平松在螳螂体内
发现的铁线虫
（10月27日）

体长1.7厘米的
螳螂体内，居然
有长达38厘米的
铁线虫，真令人
震惊

解剖猪时发现的
寄生虫，丝状虫？

为什么呢？因为在蜱螨里面，有些同类会使貉生病，使其逐渐虚弱而将其间接杀死，这个时候，蜱螨等于是在自杀。这让人觉得世界是多么具有隐喻性啊。

老鼠身上的跳蚤

这件事的罪魁祸首是一种叫做"人疥螨"的蜱螨，它本来是以猫、狗之类为宿主的。近年来，随着貉逐渐往村落移动，人疥螨也开始把宿主范围扩大到了貉，于是才发生了这样的悲剧。到目前为止，学校周边还没有发生过这样的事件，但是在隔山相望的东京都青梅市，却有此类事件发生的报告。也就是说，有必要注意动物尸体上附着的各类蜱螨。

"但我还是讨厌蜱螨。"

确实，我也不喜欢跟它们亲密接触。

真正的关系

不同于蜱螨，跳蚤还是比较惹人爱的。当然这也许是由于我还没有遭过跳蚤的毒手，我才能这么说。

"我们大学里发现跳蚤了，而且被咬的都是日本人。我在这里没找到相关的书，请推荐我一些关于跳蚤的书。"

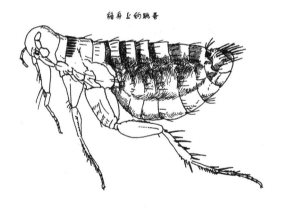

绘身上的跳蚤

这是在佛罗里达读大学的我曾经的学生优子写来的信。我马上给她寄了手头的资料，还附了一封信。

"我手头还没有叮人的跳蚤。你捉到了以后，请务必寄给我。当然，不要寄活的……"

但这个请求完全被她无视了。（作为补偿，她寄来了被狗咬死的独角仙，那也让我非常高兴。）

我让她给我寄叮人的跳蚤，其实也是有原因的。对于人类，有"人蚤"这种专门的跳蚤。猫有猫蚤，狗有狗蚤，老鼠有鼠蚤，跳蚤因为宿主不同而种类相异。

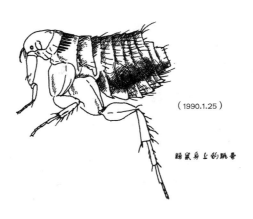

（1990.1.25）

鼹鼠身上的跳蚤

我检查了一下貉尸体上沾着的跳蚤，发现有3种。我手头没有关于跳蚤的详细资料，所以我也不清楚哪种是本来就附在貉身上的。但是，貉身上有多种跳蚤，这件事本身就很有趣。如果原本应该附在别的动物身上的跳蚤出现在了貉身上，那么该种动物与貉之间也应该存在着某种关系。

比如说，穴熊身上会有穴熊蚤。穴熊以前常被误认为是貉，但穴熊属于鼬科，与属于犬科的貉很不一样。穴熊的指甲很长，能在地底下挖洞筑巢，而貉就没这个本事了。不过，我听说过貉会潜入到穴熊的巢穴里去。这种说法，不知可否用貉身上的跳蚤来证实呢？

但是，这就需要有各种不同动物身上的跳蚤标本。因此，我才会想要美国的跳蚤的。

我这里还没有那么多的跳蚤藏品。根据巴洛兹《野狐狸》（思索社刊）的记载，狐狸身上有人蚤和兔蚤。果然，还是有人在调查这个问题的。

另外，在关于跳蚤的书《跳蚤——跳远冠军》（海伦霍克、巴莱里皮特著，文理刊）里，也有关于鼹鼠跳蚤的内容。以前我一直没有注意到鼹鼠身上的跳蚤和蜱螨，看来还得重新观察一下。

因此，蜱螨和跳蚤都很有趣，但我采集了几个标本后，内心还是希望它们能够从我身边消失。

顺便透露一下，对于动物尸体上的蜱螨和跳蚤，我们一般通过浇热水来驱赶。捡到尸体后不能马上解剖时，我们会先冷冻起来，这也是免于蜱螨和跳蚤骚扰的好办法（不过，解剖时的解冻是很棘手的）。

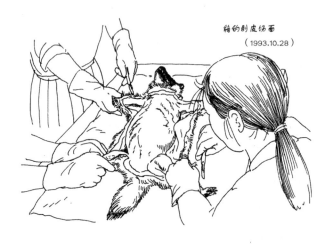

貉的剥皮场面
（1993.10.28）

下面就解剖貉喽

"该怎么办啊？"

即将人生第一次解剖貉的加奈子问我。

"嗯，先拿好这里，然后从这里放入剪刀，注意不要把肚子里面弄破了。"

　　对于鼹鼠之类小动物的解剖，笨手笨脚的我是不合适的。但貉就是大卸八块也不要紧。穿过身体表面的"蜱螨宇宙"，终于可以到它体内探险了。

　　学生们小心翼翼地从四脚摊开的貉下腹部放入剪刀，将皮一直剪到胸上方……在亲手操作的过程中，她们渐渐地适应了。其实，解剖这种事情，比起动手，做之前看的时候更觉得恶心。一旦自己做了，也就大胆起来了。

　　本来我也算是不太会解剖的。这次的解剖，报名的是加奈子、静江、真登香、小莎等，都是女生。我不由觉得，看来还是女孩子更擅长解剖。

　　"哇，我们可以把爪子竖起来吗？"

　　以前把爪子竖在猪腰上让我目瞪口呆的，也是女生。

解剖没那么简单

　　在肚子上竖着开口，然后在前腿和后腿根部横向切开，这样就可以查看内脏了。这时候可以把整张皮剥下来，但就是太耗时间了。

　　其实剥皮没有那么简单，尤其鼻子部分和手脚部分的皮特别难剥。这次我想在课堂上能收尾，所以就放弃了剥整块皮。

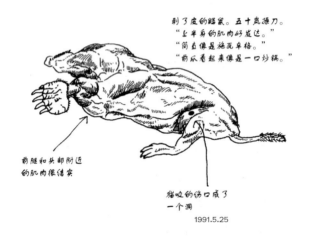

剥了皮的貉鼠。五十岚操刀。
"上半身的肌肉好发达。"
"简直像是施瓦辛格。"
"前爪看起来像是一口炒锅。"

前腿和头部附近
的肌肉很结实

猫咬的伤口成了
一个洞
1991.5.25

　　"这些白的是脂肪吗？"

　　"真不少啊。"

　　秋天的貉，脂肪尤其多。

　　"喂，小满，脂肪就是油吧，为什么肉里面有油啊？"

　　我一下子被问住了。脂肪到底是怎么一回事呢？

　　我查了一下，原来脂肪也不是直接以油的形式
存在于体内的。那些看起来白色的黏乎乎的东西，
用显微镜一看，其实是包裹着油的脂肪细胞集中在
一起构成的。

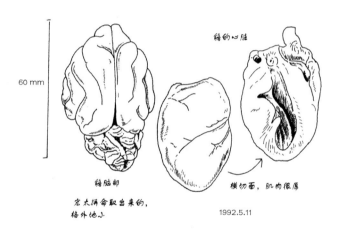

猪的心脏

60 mm

猪脑部

拼命取出来的，
格外地小。

横切面，肌肉很厚

1992.5.11

　　剪开腹膜，终于看见内脏了。

　　"这是什么？"

　　不知是谁，指着后腿根部的袋子问我。一直冷冻
着的貉，现在还没有充分解冻，袋子里面的液体还没
有完全化开。

　　"这是膀胱。"

"还是不化开了好。"

在膀胱之后，我们看到了肠子。

"哇，好像香肠呀。"

"你怎么这样说啊，以后我们还怎么吃香肠啊！"

肠子被肠间膜撑着，不剪开肠间膜，就无法展开肠子。虽说是第一次体验解剖，但她们早已经把手都伸到内脏里去了。

女子解剖团的叫声

沿着肠子往上，当然就到了胃。在胃的入口处将它与食道剪开，再将肠子的后端在肛门处剪开。把肠间膜剥离后，一条展开的消化通道就出现在了我们面前。

"来，拿在手里，爬到桌子上去，然后把肠子垂下来。"

"好长啊。"

　　站着桌子上，从手上垂下来的肠子，差不多能够到桌子了。

　　"我来拍个照片。"

　　"这样的姿势，一辈子就只有这一次啊。"

　　"毕业发表会的时候展示给大家看吧。"

　　解剖还是这样开心地做最好。

　　"快看胃里面。"

　　我马上开始着手调查胃里面的东西了。对于体验过很多次解剖的我来说，我更关心胃里面的东西。把貉的身体交给她们后，我拆开了旁边桌上冻着的胃。

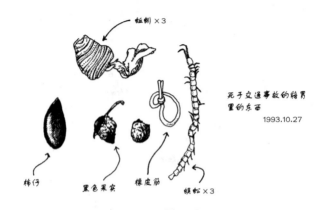

蚯蚓×3

死于交通事故的貉胃
里的东西
1993.10.27

柿仔　　黑色果实　　橡皮筋　　蜈蚣×3

查看胃里面的东西是我的乐趣——这样说的话，别人会觉得我很奇怪吧。但是，在野外很难看到貉用餐的情景。胃里面的东西，就像是了解它们在野外饮食生活的菜单一样。

几天前，阿实解剖的貉胃里面，有3条蚯蚓，3只蜈蚣，然后就是柿种以及品种不详的黑色树果。秋天的貉，一定会吃柿种。

貉胃里面经常还会有人类的剩饭，当然这也是珍贵的数据，但是就我这样的观众看来，剩饭还是有点没劲。那么，这次会有些什么呢？

　　黄色的皮，还具有独特的气味，很硬的种子，这是银杏！而且，是连着那个臭臭的黄色皮吃下去的。居然有10颗。太让人惊讶了。

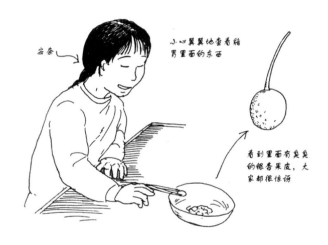

在查

小心翼翼地查看给胃里面的东西

看到里面有臭臭的银杏果皮，大家都很惊讶

　　"哇，都是银杏！"

　　听到我的喊声后，女子解剖团都停下手来。

　　"好厉害，这是银杏貉啊。"

　　我之所以这么兴奋是有原因的。

胃里银杏的怪异

　　银杏的外皮是有臭味的，不仅有臭味，还有人会因此而起斑疹。就在这种果皮里面，藏着能食用的坚硬的银杏。

一般来说，植物的果实熟了后会变成红色或黄色，而且味道会发甜，这是为了吸引鸟类或兽类来吃，让它们把种子散播出去。银杏的种子也是这样，有着多汁、黄色醒目的果皮，然而，其果皮带有臭味，甚至还含有毒素。

看起来很诱人，却又好像不能吃，这不矛盾吗？

以前我也在秩父山中发现过貉的粪便，其中就有银杏果。现在这个疑问解决了。也就是说，还是有动物会吃那个臭果皮的。

但是，仅仅观察到一个例子，还是让人心里没底。说不定是某只味觉迟钝的貉偶然吃到的。我在之前写的书（《深山博物志》，木魂社刊）里面，就是这么解释的。

在那次发现两年后，我在秩父山的几乎同一地点，又发现了含有银杏果的粪便。看来，吃银杏果的貉不止1只。但2次都是在同一地点发现的，还是让我不敢确定。

"貉会吃银杏果的外皮。"似乎还不能这么说。

然而，这次解剖的貉，完全是在别处发现的，而且是第三次发现了，不能再说是偶然了。不过，话说回来，貉还真是无所不吃的家伙……

不仅是胃里面的东西，通过给的粪便，也可以看出它们的食性
它们的粪便里经常会有柿子的种子

1990.12.22
hmoge.

我把这个故事告诉了桌子旁边的学生们。

"嗯，这家伙是不是银杏果吃得太多了，然后魂不守舍地让车给撞死的呢？"

"是不是有些中毒了呢？"

"是不是肚子吃得太饱了，正想要便便的时候被撞的呢？你看，肠子里面也都满了。"

她们叽叽喳喳地说个不停。

"厉害，你居然徒手在弄！"

突然，教室外面热闹起来。中途插进女子解剖团的唯一的男生新树，正捏着肠子把里面的东西挤出来。

而且，是赤手空拳！

正在挤貉肠子的男生

真是毛骨悚然。肠子里果然还有银杏果

1993.11.11.

小小的新发现

挤貉的肠子这种事，我都没干过。但是，看学生挤肠子倒是有过几次。

　　这次，由于新树的勇敢挑战，我们获得了关于肠子里面内容的宝贵数据。从肠子里面挤出来了13颗银杏果，这家伙好像特别喜欢银杏果。

　　就在我全身心关注银杏果的时候，替我分拣胃里其他东西的安奈突然叫了起来。

　　"里面有贝壳！"

　　欸，对呀，我光注意银杏果了，它当然也会吃其他东西的。贝壳？是剩饭吧。我重新分拣了一下，发现这既不是蛤蜊，也不是文蛤，而是蜗牛脚。

　　"它还吃蜗牛的呀。"

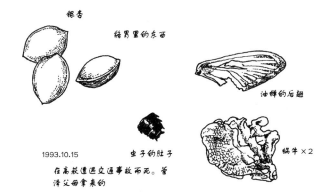

银杏

给胃里的东西

油蝉的后翅

1993.10.15

虫子的肚子

蜗牛×2

在高敷遭遇交通事故而死。留浮父母拿来的

这时又传来了惊叫声。安奈还在不停地翻寻胃里的东西，又找出了油蝉的翅膀、不知名的虫子的脚等。蜗牛、油蝉，这些都是到目前为止我解剖的貉的菜谱里不曾有过的。

"为什么要反复解剖呢？解剖一次不就可以了吗？"

我曾经被学生问过。我也很怕麻烦，要是能够一次就解决那是最好的。然而，每次都像这样会有些小小的新发现。胃里食物的数据，如果不断积累起来，那也会不断接近貉的真正姿态吧。

　　总之，我们就这样完成了一次对消化器官的观察。解剖团现在已经切下了部分肋骨，取出了肺和心脏。

　　很快，下课铃响了，时间到了。

　　第二天，跟昨天执刀的加奈子聊天时，她跟我说，她妈妈听说女儿亲手解剖貉后，惊讶得不得了。总之，对我们来说，这次的解剖还是很有意义的。

　　"我们来收拾一下吧。"

　　我们在校园一角挖了个坑，打算把貉埋掉。这时，小莎却不肯离开了。

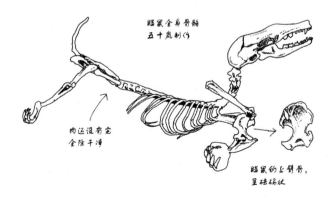

鼹鼠全身骨骼
五十岚制作

肉还没有完全除干净

鼹鼠的上臂骨，
呈砝码状

小莎的父亲

"我要提取骨架。"

小莎说。她要把这已经摘了内脏、剥了皮的貉，用锅煮了后做成骨架标本。既然这样，那后面就交给她了。

制作骨架标本有多种办法，可以让虫子吃，也可以用土埋起来，还可用消化酶。但是，我们采用的是简单迅速的水煮法。也就是在水里连煮几天，等肉烂了后取出骨头，这是一种非常简单的方法。

几天后，正好学校有公开研究会活动，小莎的父亲来学校了。

"我来看看女儿的貉。"

他满脸笑容地跟着小莎向正在煮着貉的理科准备室走去。

"呀，和爸爸一起做骨架，真有趣！"

"有那么少见吗？"

"不是，我觉得真好。"

想不到，不仅是学生，连家长也被吸引过来进行解剖了。这么说来，最近学生的父母们有时也会送貉过来。

　　但是，一开始可不是这样的。最初的时候，动物被送来后，都是由安田和我来处理的。当时我们又要开会，又要和学生谈话，放学后也没有多少自由时间。送来的动物尸体，也就是偶尔取个头骨、看看胃里面食物之类的，其余都放在冰库里面"死藏"，或是直接埋掉。当时，冰库里整整囤了一年的貉。在当时那种情况下，更不可能像现在这样，通过动物解剖带来人际关系的扩大。

　　直到几年前，我们让学生们在学习发表会上进行貉解剖，这才带来了改变。

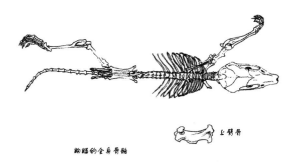

上臂骨

貉的全身骨骼

从那以后，参加了解剖的学生逐渐开始独自处理不断送来的动物尸体，从而留下了各种各样的数据。成员们也在不断变化。这是一个既不是课程也不是社团的神奇集团，我们把它叫做"解剖团"。

浩太的初次挑战

第一次挑战制作貉的全身骨架的，也是解剖团的学生。在那之前，他们曾做过头骨的标本，但要煮出全副骨架却并非易事，所以他们一直很犹豫。

"我想提取全身的骨头。"

解剖团创始人之一的浩太提议后，大家就决定试试看。

组合起来的骨骼标本，手脚尖等细节部分的肉剔得还不干净，整体的形状看起来也有些不自然，像是在跳舞一般。但是，好歹也算是全身骨骼。不管什么事，在第一次尝试时都是需要决心的。从这一意义上讲，这个"舞动的骨骼貉"是一副具有重要意义的标本。

作为提议者的浩太，那之前从来也没有解剖过，只是个"普通的学生"。我记得最开始解剖貉时，我说：

"今天解剖哦。"

结果他就打退堂鼓了。

"今天啊？我还没做好心理准备呢。"

但是，在风间、波茶、友子等其他成员开始解剖后，他完全着迷了。

"也不知为什么，最近，相比于看到活的动物，捡到动物尸体更让我开心，我自己也觉得有点不对劲。"

毕业之前，他还这么回顾，引得我们哄堂大笑。不管怎么说，这个以高三学生为中心的令人不可思议的"解剖团"，在我的教学生涯中留下了很深的印迹。因为他们的存在，我知道了把尸体交给学生们处理会发挥更好的作用，因为他们的存在，学生中产生了"解剖也很有趣"的文化。

作为其影响的延长，才有了这次银杏貉的解剖以及小莎取骨架的事情。

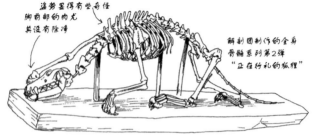

他们毕业时，我一度有点焦虑。好不容易产生的"解剖文化"会不会因此消失呢？一旦消失的话，那我和安田两个人又要忙得不可开交了。

幸亏还有很好的继承者，而且还是更强的家伙。

阿实登场

"你捡到什么了吗？"

"装了4个纸箱。"

我愣住了，让阿实给我看他的纸箱。

太惊人了。一整头海豚，3块头骨，海狮的头骨，几根海豹骨头，还有几只风化的海鸟。这些就是阿实箱子里的宝贝。

制作骨骼标本

尽量多去除些肉后，再慢慢煮

阿实

不带手套，用牙刷、镊子等除肉

他说过，打算利用暑假去趟北海道。

"那里能捡到骨头的哦。"

他确实是这么说了，但我没想到，他会捡这么多骨头回来。他背着帐篷，在鄂霍次克海沿岸一边露营一边捡骨头，捡的多了后就用快递寄回学校。

"牛人"阿宾

带着头巾 →

工作服

脚上穿
着人字拖

背着篮子来上学
（但他是住宿生）

组装骨头用品
以及速写本等

装了猪的锅

　　"其他还有很多骨头，但我没钱了，只能寄这么
多。还有就是没捡到海豹的头骨，太遗憾了。"

　　明明捡了这么多回来，他竟然还很懊恼没捡够。
他带着塑料袋在海岸边到处走，遇到海豚等大动物的
骨头，就用绳子绑在腰上拖回来。好不容易捡到的海
鸟放在帐篷外面，却差点被赤狐抢走……总之，他的
故事，越听越让人惊讶。

何以捡君还?

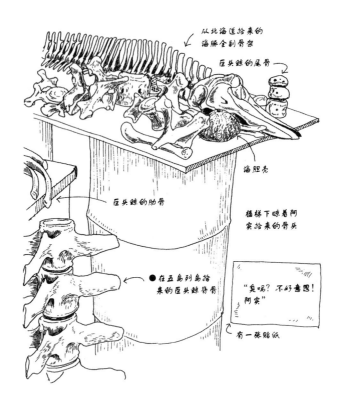

从北海道捡来的
海豚全副骨架

巨头鲸的尾骨

海胆壳

巨头鲸的肋骨

楼梯下晾着阿
实捡来的骨头

●在五岛列岛捡
来的巨头鲸脊骨

"臭吗? 不好意思!
阿实"

有一张贴纸

100

"海豚怎么办呢？"

"用铁罐子来煮吧。"

他捡回来的海豚已经开始腐烂了。他在当地切成4块后寄了回来，从塑料袋中取出这些大块的时候，散发着一股强烈的臭味，不停地有蛆掉下来。他用铁罐子煮好后，最终做成了漂亮的骨骼标本。

"臭吗？不好意思！阿实"

他留了一张纸条，然后就把骨架晾在了应急楼梯下面。

勇士阿实，如今已成为解剖团的强大后继者。

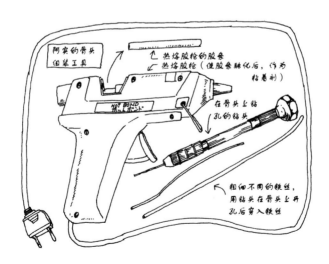

"取骨男"这一人种

阿实折纸技术相当了不起，达到了专业水准。在首批解剖团成员毕业的时候，阿实表现出了对解剖的兴趣。我心想，真是天助我也，于是就试着把动物尸体交给了他。不久他就发挥出了他的才能。

在此之前，解剖团曾经多次挑战过全副骨架的制作，然而，我们从来没能成功地把脚尖和肋骨等部位的碎骨头重新组合起来过。因此，我一度认为，细小的骨头一旦拆下来就再也不能重新装上去了。

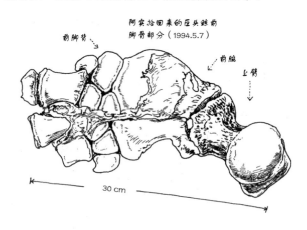

阿实拾回来的座头鲸前
脚骨部分（1994.5.7）

前脚背

前臂

上臂

30 cm

"不行，不行！"

我这么说。但阿实完全不管，连脚尖的小骨头也全部拆了下来，然后又开始组装起来。也许折纸和做骨骼标本有某种共同点吧，不仅如此，他还用其他不需要的骨头进行削磨加工，把在煮取过程中丢失的骨头也补全了，他的神乎其技让旁边的我们都看呆了。

　　现在，理科准备室里面有好几副他做的骨架，或是正在组装中的骨架。猪脚、鹿脚、整只貉、猴子、穴熊、海豚、孔雀、猫头鹰、乌鸦等等，这些动物的骨头，在理科准备室的桌子上摆得满满当当。

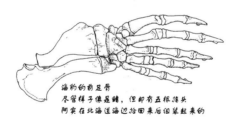

海豹的前足骨
尽管样子像是鳍，但却有五根指头
阿宾在北海道海边拾回来后组装起来的

　　9年前，我最初开始挑战的骨骼标本是猪的标本。通过学校食堂买来了生猪头，一个人在食堂厨房煮了起来。一个不知情的学生溜进来掀开锅盖想偷看，结果尖叫一声后逃走了。阿桂和牧田想过来取笑我，结果在汤里撒了点盐和胡椒粉就大口喝了起来。（现在想来，他们也是勇士。）

何以捡君还？

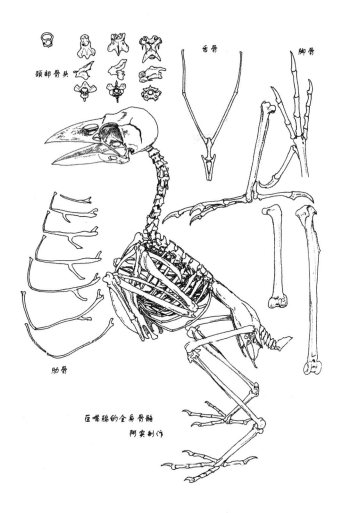

舌骨

脚骨

颈部骨头

肋骨

巨嘴鸦的全身骨骼
阿宾制作

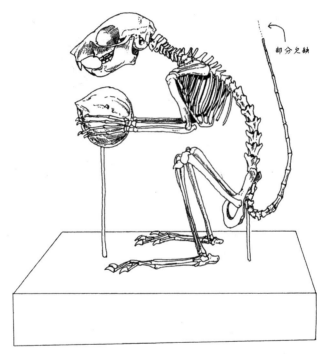

部分欠缺

日本松鼠的全副骨骼
在阿实的影响下，在田努力制作完成的

何以捡君还？

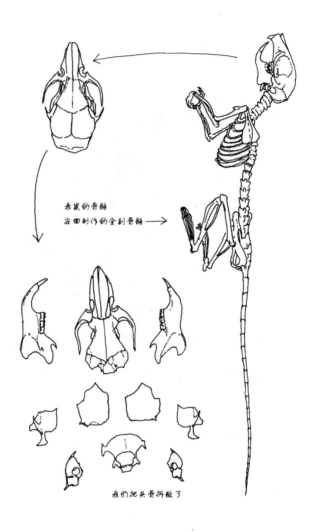

赤鼠的骨骼
岳田制作的全副骨骼 →

我们把头骨折散了

与当时的情景相比，阿实的出现让我感觉恍如隔世，原来"取骨"也在进化啊……

说着说着，有点像是"取骨男列传"了。我之前稍稍提到过，通过动物尸体，我们可以发现点什么，而我们之所以对取骨头如此热衷，也是由于从骨头里能够看出点什么来的缘故。

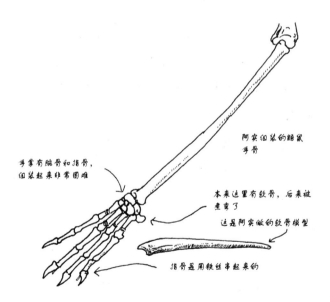

手掌有腕骨和指骨，组装起来非常困难

阿实组装的鼹鼠手骨

本来这里有软骨，后来被意去了
这是阿实做的软骨模型

指骨是用铁丝串起来的

蝙蝠翅膀的骨头

那是在给中学生上课时的事情。

"请大家想象一下：蝙蝠翅膀部分的骨头是什么样子的，请把它画出来。"

我提了这样一个问题。面对着仅打印出了蝙蝠翅膀外形的白纸，学生们挠头苦想。

"这个样子。"

也有学生自信满满，很快就画了出来。

学生们画的真是无奇不有。有沿着翅膀边画骨头的，有画出蝙蝠伞骨架的，还有人认为蝙蝠翅膀上布满了格子状的骨头。

那么，蝙蝠的翅膀到底有着怎样的骨骼呢？

如果用其他哺乳类来类比的话，蝙蝠的翅膀，是由手变化过来的。因此，蝙蝠的翅膀基本上与人类手的构造相同。

反过来说，这一点也可以通过观察蝙蝠翅膀的骨头发现。它有着完整的上臂骨，经过肘关节，有2根前腕骨，再往前是手的平骨和5根手指骨。也就是说，蝙蝠是借助手臂和五根手指间的膜来飞行的。

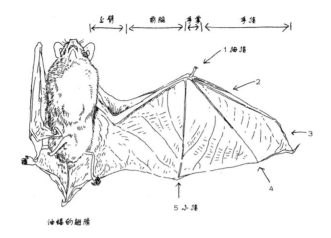

<!-- 上臂 前腕 手掌 手指 -->
<!-- 1 拇指 / 2 / 3 / 4 / 5 小指 -->

油蝠的翅膀

　　生物是逐渐进化到现在的，如果仅看如今的生物，是很难看出其进化痕迹的。然而，骨头里还保留着其进化的历史。从祖先的基本形态，逐步变形成如今的姿态，这可以通过骨头看出来。尤其，当我们看到蝙蝠翅膀的骨头时，就会觉得原来一般只写在书本中的进化，离我们是如此的近。

　　骨骼是生物进化的历史书。因此，我们才通过动物尸体发掘这本历史书。

　　此时，我们再次请鼹鼠登场吧。鼹鼠的手臂在上臂、前腕和手掌骨、手指等构造上，与蝙蝠基本相同。但是，在空中飞行生活与在土中挖洞生活，使它们的手臂有了完全不同的形态。

鼹鼠的上臂骨短而粗，呈砝码状。每当我看到这个，就会不由得想：在地下挖洞是多么辛苦的重体力劳动啊。

忠实于基本原则

我在前面写过，包含鼹鼠在内的食虫类动物的祖先，是整个哺乳类的共同祖先。蝙蝠是由该原始食虫类飞上天空而成，同理，猴子则由其爬上树进化而成。

以上过程还可以想象。然而，食虫类进入大海后进化成鲸鱼，开始吃草后进化为马，这就有些难以理解了。

我们还是通过骨头来进行理解吧，比如说颈部的骨头。鼹鼠的颈骨有7块，这个数量与老鼠和人类相同。另外，我没亲眼见过，还不能断言，但据说长颈鹿的脖子也是由7块骨头构成的。哺乳类共同的祖先——原始食虫类所拥有的7块颈骨这一基本原则，至今还被长颈鹿忠实地遵守着。

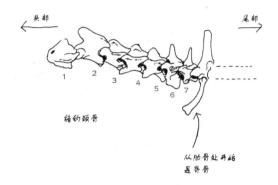

不过，我也不知道"7"这个数字有没有什么特殊的意义。或许哺乳类碰巧是7块，说不定10块也是可以的。顺便说一下，乌鸦的颈骨有13块。

那么，鲸呢？它的颈骨也是7块。阿实捡回来的海豚的7块骨头已经散架了，但其他鲸类则是7块连在一起，看起来仿佛是一块骨头。

但是，这才是精妙之处。鲸的颈骨之所以可以连在一起，是由于在鲸的生活里，根本就没有必要转动颈部。或许，在鲸的生活中，脖子长了反而不方便，于是短脖子鲸存活了下来，形成了如今的样子吧。

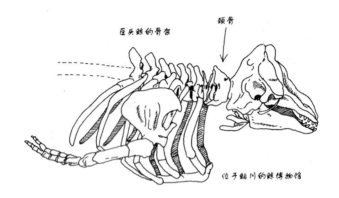

巨头鲸的骨架

颈骨

位于鲇川的鲸博物馆

　　原本在鲸的生活里，颈骨是一块还是2块是没多大不同的。但正因为它是从7块颈骨的生物进化而来的，所以颈骨才会连在一起，看起来像是一块骨头的吧。

　　所谓进化，是对传自祖先的身体一点一点地进行改变，最终变成新样子的过程。对我来说，这连在一起的颈骨，正是鲸由陆地上哺乳类动物进化而来的最好证据。

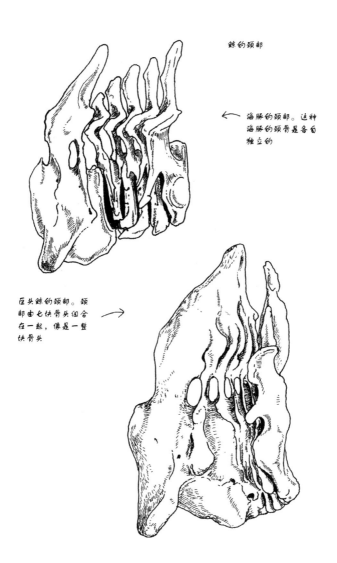

鲸的颈部

← 海豚的颈部。这种海豚的颈骨是各自独立的

巨头鲸的颈部。颈部由七块骨头组合在一起，像是一整块骨头 →

旧货店的老爷子

　　我家附近有个旧货店，而且是看起来有些古怪的旧货店，我常常去和店里的老爷子聊天。老爷子非常喜欢动物，饲养着从窝里掉下来的鼯鼠和松鼠。

五十岚拾来的褐家鼠，同样是老鼠，它比野鼠更加不讨人喜欢
1993.2.12

　　鼯鼠养在老爷子的起居室，有时我会去看看。鼯鼠常常在起居室的椅子上裹着被子睡觉，天花板下面横七竖八地拉着些绳子，到了晚上，那就是鼯鼠的运动场。

"它可喜欢菜饭里面的香菇之类的了。"

老爷子告诉我说。我大吃一惊，这对野生鼯鼠来说可是完全意想不到的菜谱。

"鼯鼠很可爱，在这方面，松鼠完全不行，一点也不习惯。"

在放了松鼠的篮子前面，老爷子这么说。他还跟我说过，曾经有1只黄鼠狼，意外地落入陷阱里，他帮它除掉了毛上面的糊，打算饲养，结果半路还是让它给跑掉了。不过，就是这样的老爷子，也有他不愿意养的动物。

"我不想养老鼠。不过呢，如果剪掉尾巴也可以考虑一下。"

老鼠总是不受人待见。其实，取出头骨一看，不管是老鼠、鼯鼠还是松鼠，几乎都是一样的形状。

不过，鼯鼠的头骨，仅在上颚的一侧，就有3颗前齿、1颗犬牙、4颗小臼齿、3颗大臼齿。而人类牙齿也同样是前齿、犬牙、小臼齿、大臼齿这样的排列。老鼠则只有1颗呈凿子状的前齿和3颗臼齿。尽管臼齿的数量不同，这种凿子状前齿和臼齿的排列，在鼯鼠和松鼠身上也是一样的。

这就是老鼠、鼯鼠等"啮齿类"动物的特征，从头骨来看，它们与鼹鼠等"食虫类"的区别一目了然。

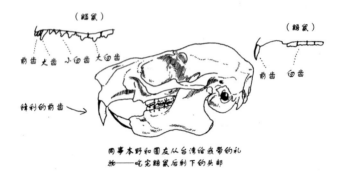

同事本野和圆友从台湾给我带的礼物——吃完鼯鼠后剩下的头部

和老鼠（啮齿类）与地鼠（食虫类）之间的区别相比，鼯鼠与老鼠（两者都为啮齿类）之间的区别是微乎其微的。鼯鼠是能飞的老鼠，松鼠则是尾巴上长毛的老鼠，老爷子说"（老鼠）剪掉尾巴可以养吧"，说不定也是由于他隐约意识到了这一点的缘故吧。

散架事件

作为所有哺乳动物共同祖先的食虫类，其头骨

也是哺乳类动物的基本形状。与此相比，啮齿类动物
的牙齿数量减少了，前齿的用途也特殊化了。也就是
说，头骨中蕴含着划分哺乳类动物类型与探寻祖先的
重要信息。

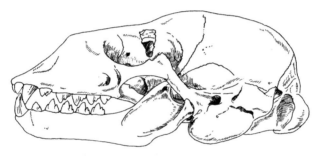

在北海道捡到的海豹头骨

　　我们制作骨骼标本时先从头部骨头开始，也是由
于这一原因。比如说，海豹与狗同被划入食肉类，在
进化史上渊源颇深，这一点可以从头骨的比较中清晰
地看出来。

　　因此，我才一直收集头骨——也就是寻找动物的
头部。而我从头骨入手制作动物骨骼标本，其实还有
另外一个原因：很简单，因为头骨容易取出。

何以捡君还？

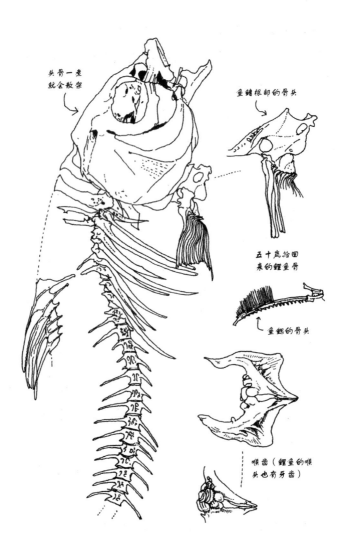

头骨一意
就全散架

鱼鳍根部的骨头

五十岚拾回
来的鲤鱼骨

鱼鳃的骨头

喉齿（鲤鱼的喉
头也有牙齿）

脊骨，还有手部的骨头，在浩太和阿实他们出现前（尤其是阿实，他在这方面有一种完成拼图般的毅力），我们一直都束手无策。一旦不小心把它们煮散架了，那就再也没办法组装起来了。与此相对，头骨仅由上颚（头盖）和下颚这两部分构成，我们是不会弄错的。

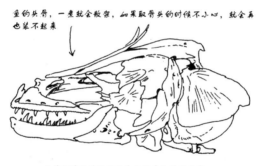

鱼的头骨，一煮就全散架，如果取骨头的时候不小心，就全再也装不起来

石井把自己钓到的黑鱼头部骨头装了起来

但这也仅限于哺乳类和鸟类，如果是鱼类的头骨，煮完后就全散了。我曾经想把五十岚拿来的干鲤鱼做成漂亮的骨骼标本，结果以失败告终。我小心翼翼地煮过后，结果全部散架，整整花了一周时间才重新组装起来，而且也已经完全不成形了，有几根骨头已完全看不出来该放哪里了。

　　不过，说实话，这也是我个人的情况。在学生里面，也有像石井这样把自己钓到的黑鱼煮好后，组装出一副漂亮头骨的牛人。

　　总之，对我来说，头骨是最好取、最为熟悉的部分。昨天我又挑战了鼹鼠全身骨架的制作，最终还是在提取了头骨后就草草收场了。

我们把猫的头骨拆散了，猫的头骨也是由几块骨头组合在一起而成的

酒馆老板和鲸鱼的耳朵

　　哺乳类的头骨由上下两部分（头盖部分和下颚部分）构成，但事实上，上面的骨头（头盖部分）并不是一块，而是由几块骨头连在一起构成的。

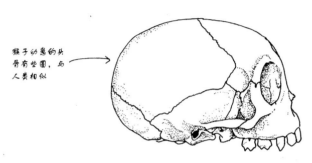

猴子幼崽的头骨有些圆，与人类相似

●日本猴的幼崽头骨

●成年食蟹猴的头骨

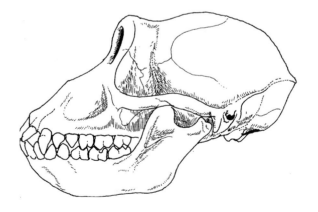

人类在婴儿期的时候，构成头盖骨的各块骨头之间还有些缝隙，逐渐长大后才连在一起。因此也可以说，人类也是从一煮就会头骨散架的动物（就是像鱼一样的动物）进化而来的。

然而，也有动物即使成年了，头部骨头还是由好多块构成，比如鲸。

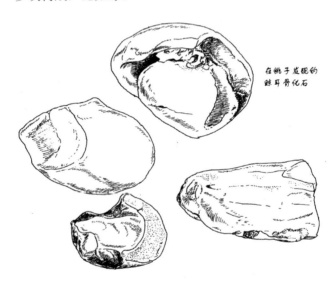

在桃子发现的
鲸耳骨化石

大学时，我曾经整日混迹于一家酒馆，店老板也很喜欢生物。酒馆的名字叫"田舍"，我每天在那里打工，工作结束后就用赚来的钱在那里喝酒。每天什么事也没有，工资在那里转了个手后又回到原处。不知道是不是由于我们这些缺钱部落的人太多了，不久老板就关了酒馆，如今在经营一家培训机构。尽管现在不开酒馆了，大家还是喊他"老板"。我曾和老板一起去采集化石。目的地是千叶县的铫子，我们想要采集的是鲨鱼牙齿和鲸的化石。

鲨鱼牙齿还好些，鲸的化石，我们见都没见过，更别说采集了。到底哪个才是呢？我们完全没头绪。我们捧着些疑似品到处瞎转时，有位经常去那里采集化石的专业人士提醒我们说："你们手里的就是啊！"

说是鲸的化石，也不可能是一整头鲸鱼，而仅仅是些骨头碎片。如果没被提醒，在我们看来，那也就是一堆石头而已。在那些石头一样的化石里面，有些石块稍稍有些不同：它们上面有些独特的凸起和凹坑。

"那是鲸的耳骨。"

据说，铫子是鲸耳骨化石的著名产地。

不过话说回来，"耳骨"到底是什么呀？

探寻真相！

翻看化石相关书籍时，经常能看到这种鲸的耳骨照片。我去参观国际化石博览会时，也看到那里摆了不少的美国产鲸耳骨化石在出售。

鲸死后，耳骨会从头盖骨上脱落下来。由于其非常坚硬，在深海底也不会腐烂，累积起来后就容易成为化石，这是我从书本里找到的知识。

但是，还有一点我不明白。鲸的耳朵有些让我摸不着头脑。不过，鲸的"歌声"非常有名，都已经被制成CD了，要听到歌声，其自然是有耳朵的。然而，在我们的印象里，耳朵一般指的是"突出在外部的"。

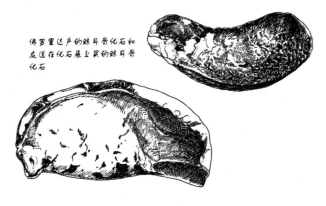

佛罗里达产的鲸耳骨化石和友道在化石展上买的鲸耳骨化石

　　鲸鱼没有这种"突出"的耳郭，但它的耳孔、鼓膜却是存在的。当声音传来时，在内耳的某器官会感受到鼓膜的振动，不妨碍声音的听取。

　　其实，我们人类也是有这种"耳朵骨头"的。3块叫做"听小骨"的骨头，将鼓膜的振动传到内耳。

　　然而，听小骨非常之小，而且还深入到鼓膜中，因此，在做普通动物的头骨标本时，如果不特意用镊子撑开耳洞，它是不会露出来的。与坚硬而又外形独特的鲸耳骨相比，其样子也相当不同。

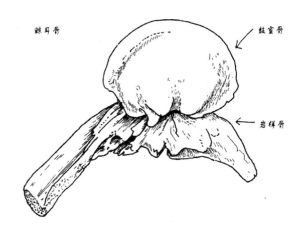

鳞耳骨　　　　　　　　　　　　　　　　　鼓室骨

　　　　　　　　　　　　　　　　　　　　岩样骨

进行调查后我发现，鲸的耳骨由岩样骨和鼓室骨这两块骨头构成。我在铫子捡到的是其中的鼓室骨。那么，鲸的耳骨到底是怎样一种结构呢？

正如我在观察鲸头部时想到的，进化是慢慢发生的变化过程。如果说鲸与陆地上其他哺乳类拥有共同祖先的话，那么，在其他陆地动物的头骨中应该也能看到相当于鲸耳骨的部分。

"探寻鲸耳骨的真相"——这成了我一段时间内的主题。

为什么是分离的？

我取出了貉的头骨，仔细翻看各处。

"这里是耳道啊，这样的话……"

我仔细查看耳道周边，寻找其与鲸耳骨的联系。终于，我看到了耳道里突起的骨头。

"这个突出的形状，很像鲸的耳骨……"

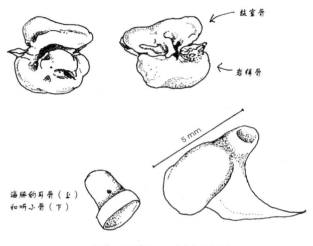

鼓室骨

岩样骨

5 mm

海豚的耳骨（上）
和听小骨（下）

不过，关于海豚，从手头的耳骨中拿出的听小骨只有
两块
为什么呢？应该有三块的……

　　调查后发现，这块凸起物叫鼓室胞。鼓室"骨"
和鼓室"胞"，名字都很相似。另一方面，岩样骨在
哪呢？我调查后，也在内耳周围找到了"岩样部"这
一部位。也就是说，就貉的头骨而言，从耳道到中
耳、内耳，其下侧部分为鼓室胞，而覆盖在其上侧
的部分则是岩样部。而鲸的这两部分则与头骨分离开
来，分别形成了鼓室骨和岩样骨——这就是我最后找
到的结论。

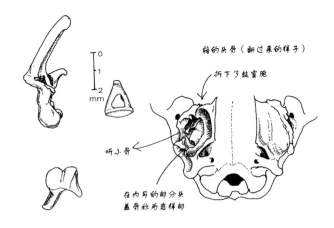

鲸的头骨（翻过来的样子）

折下了鼓室胞

听小骨

在内耳的部分头
盖骨称为岩样部

在貂和人类由岩样部和鼓室胞包围的中耳里，有3块听小骨。如果是这样的话，鲸的鼓室骨和岩样骨之间应该也还有1块听小骨。我试着捅了一下手里拿着的海豚的两块耳骨间的缝隙，果然，扑通一声，掉出来1块听小骨。

正好在那个时候，阿实从北海道捡来了海豚。非常幸运的是，其中有1块上还连着耳骨。确实，这两块耳骨所在的位置，就是其他动物所谓的岩样部和鼓室部附近。而且，这些骨头，通过肉与头骨相连。也就是说，一旦肉腐烂后，这些骨头就会分离。那么，为什么鲸类的耳骨，能如此高度分离呢？

到了这一步，我一个人已经无能为力了，详细解释请参阅E. J. 舒莱坡著的《鲸》（细川宏、神谷敏郎译，东京大学出版会发行）。

简单说来，在水中，声音也会通过身体传过来，这样会形成杂音，很难通过左右两耳具体确定声音源。因此，为了消除其影响，从头骨中分离出2块（左右共4块）耳骨，以屏蔽身体传来的杂音，这种结构非常有效。

大家明白了吗？

回想起父亲的教诲

最终，为了适应水中的生活，鲸从头骨中分离出了耳骨。

"我想看一下海狮的耳骨，先画完海狮外部轮廓的图，然后再切开来看看里面的样子。"

也许是受了我的影响吧，最近阿实这么说。

"海狮也是在水中生活的，也许也有某种结构吧。"

到目前为止，我还没能顾及到海狮。我觉得它们尽管同为在水中生活的动物，但与鲸类不同，海狮与海豹（食肉类）更多地依赖眼睛，而不是将耳朵特殊化。海豹那惹人喜爱的大眼睛，是它们的特征之一。但是，这一推测的证实还有赖于阿实的观察结果，目前还不清楚。

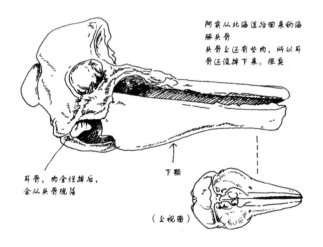

阿实从北海道捡回来的海豚头骨
头骨上还有些肉，所以耳骨还没掉下来。很臭

耳骨，肉全烂掉后，全从头骨脱落

下颚

（上视图）

鲸耳骨之类的话题，对于没有兴趣的人来说，也许是无所谓的。但是，对我来说，就这样还算是"轻描淡写"。我左思右想，反复翻看，对其进行了非常细致的观察，要比这里写的详细得多。

对于我来说，这就像是在读推理小说，通过比对资料的碎片来寻找出罪犯。

　　我觉得观察生物的趣味就在这里。即使鲸鱼耳骨的渊源早已被学者们探明，那也没关系。对我来说，这是我生来第一次碰到的激动人心的话题。

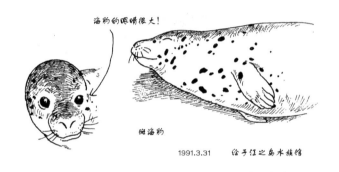

海豹的眼睛很大！

斑海豹

1991.3.31　给予江之岛水族馆

　　读推理小说时也一样，结局哪怕是别人已经知道了，只要自己还不知道，就可以津津有味地读下去。再进一步说，就算不是鲸的耳骨，也没有关系。地球上的生物超过150万种，也就是说能够进行阅读的推理小说超过了150万册。这是绝对不可能厌倦的游戏。

　　"观察生物是你一辈子都不会厌倦的。"

　　我现在还不时地会想起小时候父亲对我说过的这句话。

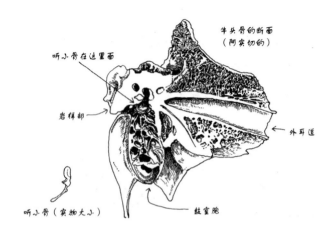

牛头骨的断面
（阿实切的）

听小骨在这里面

岩样部

外耳道

听小骨（实物大小）

鼓室胞

热衷于和阿实的讨论

还有很多事情是源于对鲸鱼的耳朵的研究。尽管有些啰嗦，我们再谈几个。

上面写道，考虑到与鲸鱼耳骨的关联，我们曾撑开了貉的耳朵。此时，在耳道里露出的听小骨只有2块，死于交通事故的狐狸的听小骨也是2块。

"奇怪。"

包括人类在内的哺乳类听小骨都是3块，专业书里都是这么写的。我和阿实商量后，2个人把架子上的貉头骨全部撑开看了，都只是2块。

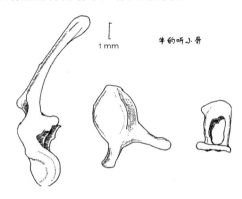

牛的听小骨

1 mm

　　奇怪，真奇怪！这样一来，我顿时紧张起来。难道，貉的听小骨真的只有2块？

　　"小满，有了呀！有3块的，我看了一下猪的头骨，你看，这里有……"

　　不一会儿，阿实就拿了一个被砸开的猪头骨来给我看。把猪头骨的耳道附近砸开后，果然能看到有3块。不过，这第3块叫做"镫骨"的骨头，非常之小，而且还挂在内耳里面的骨头上。如果仅仅戳一下耳道，是什么也看不到的。

　　我也学着阿实，捣鼓了一下貉头骨的鼓室胞旁边，果然，貉也有3块听小骨。

"阿实，貉也有3块听小骨的呀。"

在食堂看到正在排队的阿实后，我马上兴奋地告诉了他。忽然发现，旁边的学生正看着我们怪笑。

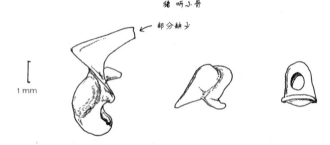

猪 听小骨

← 部分缺少

1 mm

"果然，我们还是有些怪吧？……"

我忍不住说，不过话没说完，马上又和阿实讨论起骨头来。

"牛的听小骨会很大吗？"

"那也未必吧，听小骨过大的话，应该会难以传递鼓膜的振动……"

"海狮的听小骨怎样啊？"

"嗯，怎样呢……"

不管在别人看来有多怪，我和阿实一说起耳骨来，就会没完没了。

神灵总在细节处

哺乳类都曾有3块听小骨，这其实也是有缘由的。

在前面我写过，鱼的头骨是由几块骨头组成的，一煮就容易散架。这些骨头组合在一起，就形成了我们看到的哺乳类动物一样的头骨。哺乳类的头骨比较容易拆取，因为其基本上是由上侧的头盖和下侧的下颚这两部分组合在一起构成的。

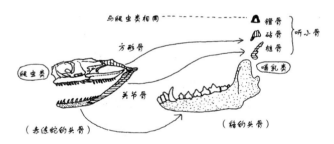

爬虫类的下颚骨是由几块骨头组成的，其中，关节骨和头盖骨的方形骨后来变成了哺乳类的听小骨。

（就蛇而言，准确说来，图中的关节骨是在原来的关节骨上融合了前关节骨、上角骨而形成的"下颚融合骨"）

从鱼进化到两栖类，再经过爬虫类，最终成了哺乳类，头骨也在慢慢地进化。在爬虫类时期，下颚部分还不是一块骨头，是由几块骨头组成的。不久其成为哺乳类后，才变成了一整块骨头。那么，其余的骨头去哪了呢？

其实，构成爬虫类下巴关节的下颚部分的一块骨头和上颚部分的1块骨头，再加上爬虫类原本就有的1块听小骨，构成了3块听小骨。也就是说，藏在耳道里的3块听小骨中，有2块曾经是构成下巴的骨头的一部分。

动物尸体也不害怕？
在给尸体前合影，
各种摆拍

在学校里养蜥蛇，在宿舍里养蝎子的地表最强生物男——平松

拥有与猫一样颜色头发的小横

发现者岩崎

文吾 →

← 猫

（1989.1.21）

以前在书里读到这一内容时，我特别想自己亲眼确认这一点。这样就可以切身感受我们肉眼无法看

到的动物进化过程。我不由得用镊子夹起从耳洞里挖
出的听小骨，小声地对它说："你就是曾经的下巴骨
头吧。"

通过哺乳类动物的共同祖先，这块骨头的进化过
程，同样也传到了人类、貉和牛的身上。

"原来大家都是互相联系的！"

我不由得感叹道。这不起眼的听小骨中，也凝聚
了伟大的动物进化史。

"神灵总在细节处啊。"

尽管我不是"哲人"佐久间，也不由得想出了这
样的句子。

我们捡动物尸体的缘由

"动物尸体让人很恶心。"

很多学生都这么说。但是，在我看来，那些学生
喜欢看的恐怖片之类的要恶心得多。另外，顺便说一
下，对我来说，很恶心的还有那些平整山林后建起来的
新住宅，这么说有些对不起那些住户。但一模一样的房
子连绵不绝地排在一起，确实让我感到有些毛骨悚然。

何以捡君还？

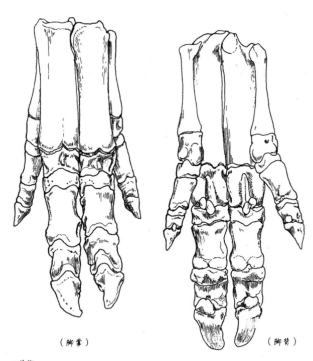

（脚掌）   （脚背）

●猪脚

　　我去开拉面店的小玉家时，她给了我一个猪蹄，让我上课用。阿实把这个
猪蹄煮好后做成了骨骼标本

　　归根到底，对于我而言，一旦身处于自己无能为力的世界，我就会感到害怕。看恐怖片时也一样，不断地被迫观看刺激性画面。面对那些让人感觉毫无生机的新住宅区，我也感到自己什么都做不了。这种感觉让我很不安。

　　因此，尸体也是这样，对人们来说越是远离自己的东西，就越让人感到难受。

　　"上次我看了人体解剖，其实也就是看了已经处理好的东西而已。我原以为自己能好好解剖的。那天我还跟妈妈说了晚饭不要烧肉。结果让我有点失望。"

有一次我碰到了毕业后进了护理学校的凉子，她这么对我说。即使已习惯了貉和鼹鼠尸体的我，如果真的要解剖人类尸体时，也会犹豫的。这还是因为我们平时很少有机会接触到人类尸体。看到人类的尸体我首先想到的也是恶心。

即便是"恶心"的尸体，自己亲眼看了、亲手摸了以后，也会发现些什么的，我到目前为止都在反反复复地说这一点。从胃里面可以知道动物的生活片段，从尸体里的寄生虫也可以知道点什么。骨头在讲述着该种生物的历史。如果不从中看出点什么来，那么尸体永远只能是"恶心的东西"。

如今，我们在拨弄动物尸体里滋生的蜱虫，

解剖尸体，用锅煮了后再取出骨头，然后，再倾听尸体讲述的故事。此时，动物尸体就成了我们的"良师"。

就这样，我们用自己的方式，慢慢地掌握适合我们自己的动物尸体的观察方法，享受动物尸体带来的知识。

第三部分
讨厌鬼的奇妙生态

千代子最讨厌的东西

"蟑螂讨厌死了！前几天房间里出现了蟑螂，我只能逃了出去，一整晚都没敢回去。"

千代子是个住宿生，不知怎么我们就聊到了蟑螂。

"据说可以用吸尘器来吸，但我又担心关掉吸尘器以后它们从吸口处爬出来。再说，如果吸进去了，它们会到吸尘器用的垃圾盒里去的吧，那我怎么换垃圾盒呢？那就只能等朋友来时帮我换了。"

"你就那么讨厌蟑螂？"

"虫子我都讨厌。《百科事典》之类里经常会有它们的图片，所以，我根本查不了东西。我也想过办法，比如用订书机把有虫子照片的地方全都订起来，

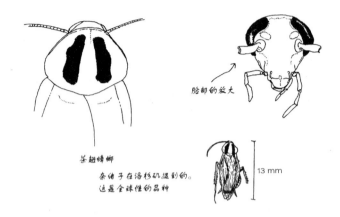

脸部的放大

茶翅蟑螂

奈绵子在洛杉矶捉到的。
这是全球性的品种

13 mm

但那样就不得不打开那页，因此，这也不是好办法。
有一次，《百科事典》从书架上掉了下来，碰巧露出
了虫子的页面。于是我害怕到再也合不起来了。"

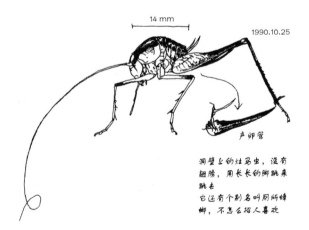

14 mm

1990.10.25

产卵管

洞壁上的蛀虫，没有
翅膀，用长长的脚跳来
跳去
它还有个别名叫厕所蟑
螂，不怎么招人喜欢

　　这对于曾是"昆虫少年"的我来说，完全是难以想象的感情。不过，即使大家未必都像她那么强烈厌恶，蟑螂也显然是很不受待见的。

　　"它们会沙沙地爬动。"

　　"我特讨厌它们飞来飞去的样子。"

　　我经常会听到有人这么说。说起"爬动"，灶马虫也被人嫌弃，"不知道它要往哪里飞，很讨厌"，蛾子也是，"吧嗒吧嗒飞起来，抖起来的粉末真讨人厌"，很多人都相当讨厌蛾子，不过，相比起来，对灶马虫的厌恶明显属于少数派。

　　但是，不管怎么说，蟑螂的不受待见是毋庸置疑的。

　　这样看来，不仅仅是爬动或是飞起来的样子，蟑螂的不洁感和大摇大摆的样子也是被人厌恶的原因吧。

亚马逊的巨型蟑螂

　　"你觉得地球上最多的生物是什么？"

　　"不是人吗？"

"不，我觉得是蟑螂。怎么样也杀不死，这股顽强劲很了不起。"

蟑螂还会出现在这样的对话中。蟑螂很顽强而且可憎，不少学生确实有这一想法。

但是，从反面来看，确实也可以看出他们对蟑螂有"兴趣"。上课的时候，我给他们看了亚马逊地区的巨型蟑螂后，他们一边惊叫，一边又不停地说"给我看看，给我看看"，这时蟑螂人气颇高。

我在课上介绍了《日本产的蟑螂》（朝比奈正二郎著，中山书店发行）一书后，课下就有几个人在高兴地翻看，好像是"对于恐怖事物的好奇心"发挥了作用。

我整天苦于"备课"，因此，不管是对于恐怖事物的好奇心还是别的什么，只要能激起学生的兴趣，都是我的救星。另外，原本我就有一种喜欢"无足轻重的"生物的乖张。就这样，蟑螂成了我很感兴趣的一种生物。

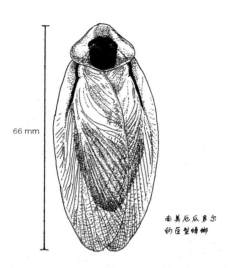

66 mm

南美厄瓜多尔
的巨型蟑螂

如果带着兴趣去看的话，蟑螂也会逐渐变得可爱起来。最终，当我在旅行时遇到没见过的蟑螂时，会不由得会心一笑。

那么，我们就通过"喜欢蟑螂"，这一与大多数学生（当然，肯定也有学生跟我一样是蟑螂粉）略有不同的视角，尽情地欣赏蟑螂吧。

形形色色的蟑螂

在书店偶然发现《日本产的蟑螂》这一书时，我是非常开心的。

"有谁会买这种书呢？"

我一边想，一边把书收入囊中。根据这本书记载，日本有52种蟑螂。居然有这么多种类，这是我对于这本书最初的惊讶。

中餐馆的食用蟑螂

独特的气味，该怎么形容呢

心愿终于实现了，我找到了泰国的田鳖甲口味酱油

画了装在碟子里的田鳖甲

我来到了横滨中华街，这是我喜欢的地方之一。

食材店的柜子角落，或是中药店门口，沉睡着能够变成我教学材料的宝贝。

最近，我终于找到了一种叫做"曼达"的田鳖甲口味的酱油。这种酱油产于泰国。所谓田鳖甲，就是那种著名的水生昆虫，对于喜爱虫子的人而言，可是令人憧憬的存在。

我早就听说过有这样一种融入了田鳖甲"风味"的酱油，真正找到之后还是非常开心的。

秀子在泰国食材店里发现的食用田鳖甲，可能是用盐腌过了吧，威得不得了
味道偏咸，还稍有些海胆味，不过，很难吃
闻起来像是中国臭虫

（1994.3.15）

日本也有食用蝗虫或是蜜蜂幼虫等的习惯，其他国家也有类似的习惯吧。这些事尽管我也都明白，但

一旦摆到了眼前，还是会有一种异样的感觉。

因此，田鳖甲口味的酱油就具有特殊的意义了。但是，与它相比，更受学生欢迎的是当时到手的"食用"蟑螂。说是食用，其实是药用。中药店的柜子里，有干燥的蟑螂干在销售。

"这个，多少钱啊？"我指着标名为"庶虫"的瓶子，小心翼翼地问道。价格格外便宜，10克只要300日元。

我接着问，"这有什么用途啊？"

店员吞吞吐吐起来，药用蟑螂，据说有解毒、治疗口膜炎等种种用途。

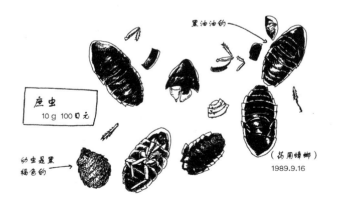

黑油油的

庶虫
10 g 100 日元

幼虫是黑褐色的

（药用蟑螂）
1989.9.16

"哇！"

"不会吧，能吃？！"

我在课上介绍之后，果然颇受好评。正如日本人对于食用蝗虫没什么抵触一样，如果蟑螂作为药用材料自古以来在日本也普及开来的话，那么，我们对于药用蟑螂应该也不会有太大抵触的。也就是说，所谓"文化"，并不是我们生来就拥有的，而是被创造出来并传承下去的——我们后来还谈论到了这个层面，由此可见，这件事对他们多有震撼。（也可能是由于我做了一个要把药用蟑螂放进嘴里的动作的缘故吧。）

蟑螂令人生厌，本来拿到课上讲对学生们已是个震撼，如果有人再去吃它，那这个震撼就翻倍了。

多数中的少数派

日本的蟑螂有52种之多，中药店里卖的"庶虫"产于中国，但从外表看，它也像是日本产52种之一的萨摩蟑螂。

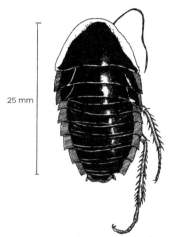

25 mm

萨摩蟑螂（八丈岛产）
呈椭圆形金币状，样态
可爱

　　萨摩蟑螂属南方系蟑螂，我曾在三宅岛、八丈岛以及屋久岛上碰见过。这种蟑螂习惯居于野外，不会在人家里面探头探脑。如果去八丈岛的话，晚上能看到它们在马路上爬行的样子。

　　萨摩蟑螂外形与其他蟑螂稍有不同，体型呈椭圆形金币状，再加上它的翅膀已经退化，因此看起来越发像金币了。这个样子，即使是那些厌恶蟑螂的人，也会觉得有点可爱吧。

　　日本的蟑螂有52种之多，仅以"肮脏""烦人""恶心"等词形容未免有失偏颇。在这些感觉"肮脏"的蟑螂里，还有能入药的品种。萨摩蟑螂居于野外，因此也不会在厨房里出没，况且，它们的翅膀也退化了，也不会"飞来飞去"。

这52种蟑螂里面，在家中"作恶"的，主要是黑蟑螂、大和蟑螂、茶翅蟑螂、轮纹蟑螂等十多种，其余都是在野外安静生活的品种。

尽管在蟑螂里面进入屋子的只是少数派，但所谓蟑螂的形象，却是由这少数派造就的。毕竟大多数人都没见过在野外生活的蟑螂。

虽说是少数派，但它们决定性地创造了整个蟑螂的形象，因为它们身处更加靠近人类的位置。而"肮脏""恶心"等形象又强化了它们的名声，也就是说正因为被厌恶，它们更加为人所熟知。

那个厌恶蟑螂的千代子曾对我说过，她也调查过蟑螂。正因为厌恶，所以对蟑螂产生了兴趣。只不过，据说由于太害怕无法查看资料，她最终也作罢了。

住宿生抓来的虫子

展开翅膀的大和蟑螂
雄虫，这种蟑螂同时
分布在室内与户外

1991.5.24

吃毛毛虫的小原

"樱花树上面的毛毛虫，能吃的吧？"

"听说能吃。"

"我捉了些过来，想尝一下。"

有一天，小原从樱花树上捉了些毛毛虫过来。

"我觉得应该先用火把毛烧掉。"

我先提了个建议。烧掉毛、用锅煎好后，我们对
着毛毛虫坐了下来。

"谁先试吃一下吧。"

"小原你先来！"

小原提心吊胆地吃了起来。

"好吃！"

他这么说后，我也只能吃着试试。

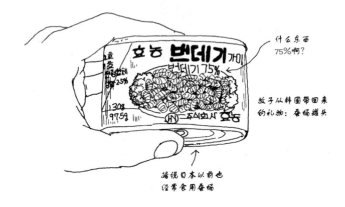

"还真好吃啊。"

"好香！"

安田和其他学生也都伸出了手，纷纷发表见解。

毛虫好吃果然名不虚传。

"吃"这一行为非常吸引人，因此，长野县才有

了著名的"捕黄蜂"习俗吧。当然，如果不了解捕捉

的对象黄蜂，那么捕捉是无法成功的。

　　"虫"是地球上种类最多的生物。据说，迄今为止人类已经确认过的就有90万种之多。也就是说，我们的周围都是虫子。

然而，在我担任教员的9年时间内，收到的各种问题与信息里面，有关虫子的却格外地少。

　　另一方面，关于貉却有139件之多，而离我们生活很近的蚕和白纹蝶等的信息，却几乎没有被提到过。

讨厌鬼与受欢迎动物

为什么呢？原因之一可能是它们太小，实在不起眼吧。即使偶然有人看到了，也不会觉得有必要加以关注，特意拿到我这里来。

有人送貉的尸体过来，却从没有人送白纹蝶来。在我们的日常生活中，这些虫子往往会被忽视掉。

这些虫子里面偶尔也会有些异类引起我们的关注，却尽是蟑螂、蛾子这样的"讨厌鬼"。此外，还有些非常少见的，比如之前提到过的"能吃的虫子"。

熏人的臭虫以及容易刺痛人的蜜蜂能够成为"受关注动物"，也是由于同样的原因。

"我房间里有臭虫进来了，有没有什么办法能让它不发出臭味就除掉它啊？"

"好像臭虫喜欢爬在荧光色的衣服上面。"

"臭虫之所以这么臭，是不是吃了什么有臭味的东西啊？"

尤其到了晚秋，臭虫为了越冬而爬到学校或是宿舍里面，总会有不少人过来咨询这类问题。

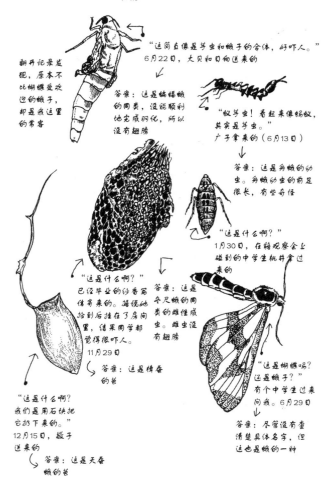

"这是什么呀？"——被送到我这里的动物们
蛾类篇

翻开记录发现，原本不比蝴蝶爱欢迎的蛾子，却是我这里的常客

"这简直像是芋虫和蛾子的合体，好吓人。"
6月22日，大贝和日向送来的

答案：这是蝙蝠蛾的同类，没能顺利地完成羽化，所以没有翅膀

"蚂蚁！看起来像蜈蚣，其实是芋虫。"
广子拿来的（6月13日）

答案：这是舟蛾的幼虫。舟蛾幼虫的前足很长，有些奇怪

"这是什么呀？"
已经毕业的纱香写信寄来的。据说她拾到后挂在了房间里，结果同学都觉得很吓人。
11月29日

答案：这是令尺蛾的同类的雌性成虫。雌虫没有翅膀

"这是什么呀？"
1月30日，在给观察会上碰到的中学生桃井拿过来的

答案：这是樗蚕的茧

"这是什么呀？我们是用石块把它拍下来的。"
12月15日，数子送来的

答案：这是天蚕蛾的茧

"这是蝴蝶吗？还是蛾子？"
有个中学生过来问我。6月29日

答案：尽管没有查清楚具体名字，但这也是蛾的一种

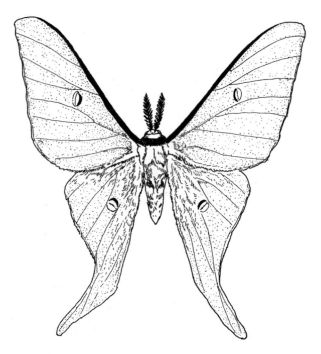

大水青蛾
"我看到了一只祖母绿颜色的大蛾子!"
"刚有只像是怪怪颜色的蛾子……"
初夏的时候,每年都会有人这样来说。拥有淡蓝色翅膀的大水青蛾,好像很容易让人印象深刻对了，我曾经吃过臭虫，但不是有意的。散步的时候，我抓起一把覆盆子丢进嘴里，没想到里面居然混进了一只臭虫。

平时我不觉得臭虫的气味有什么异样，但从嘴里反窜进鼻子的恶臭，真让人受不了。我吐了很多口唾沫，但之后的几十分钟我都觉得很恶心。顺便说一下，学生们听说这件事后好像都特别开心。

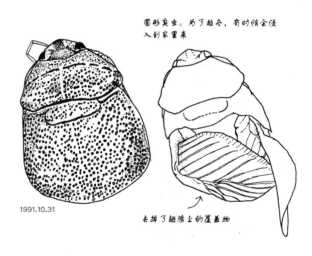

圆形臭虫。为了越冬，有时候会侵入到家里来

1991.10.31

去掉了翅膀上的覆盖物

同样，也有很多人带来关于蜜蜂的问题与信息。

"蜜蜂蜇完人后它会死吗？"

"上次我被长足蜂蜇了一下。"

"我家别墅的屋顶上有个蜂窝，怎么除掉呀？"

在宿舍浴室里出没的蝎子

蜜蜂和臭虫等能成为"受关注动物"，是由于与我们有交集。想到自己随时有可能成为受害者，于是就想了解它们。

"我们宿舍的浴室里出现了蝎子！"

有一天，竹男跑进理科研究室说。虽说我们学校建在大山边上，臭虫会来过冬，长足蜂和胡蜂也会在学校里筑窝，但宿舍里还没有蝎子进来过。在日本，如果不到冲绳和小笠原群岛，应该是看不到蝎子的。

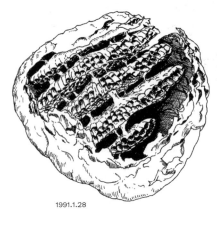

有时候会有学生报告说发现了蜜蜂窝。这是黄胡蜂的旧窝，外壳已经破开，露出了里面的巢盘

1991.1.28

于是我决定马上欣赏一下他们拿过来的"蝎子"。

"这个是伪蝎！"

他们误认为是蝎子也无可厚非，伪蝎的前足呈剪刀状，乍一看，确实像是蝎子。但伪蝎要小得多，而且也没有带毒针的尾巴。它们一般都在落叶下面捕食小虫子。

"还真不是啊？！"

他们原本也隐约觉得"可能不是蝎子"，听我说完后好像都恍然大悟了。

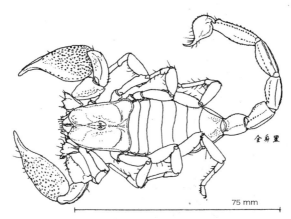

金勇里

75 mm

奈绪子在印度旅行时，冒险抓来的蝎子

后来，我带学生到西表岛参加修学旅行时，有学生问："我们想看看蝎子，哪里有呢？"

"被蝎子蜇了会死吗？"

看到蝎子后，他们又都慌张起来。西表岛有两种蝎子，毒性都不强，即使被它们蛰了也死不了。不过，关于这一点我自己也没有亲身试过。

蝎子之所以有人气，是由于其毒性的缘故吧。果然还是"吓人的东西"容易受人关注。

学生们之所以会留意到伪蝎这种平时不引人注意的小虫子（其实它也不属于虫类），是由于这使她们联想到了有毒的蝎子。

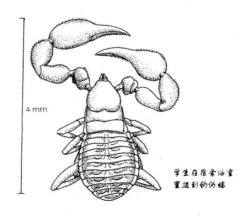

4 mm

学生在宿舍浴室里提到的伪蝎

就像这样，除了虫类爱好者，我们对于虫子的兴趣和关心，一般而言都只发生在当我们能"利用"它们或是有可能遭受其"害"的时候。学生们之所以很少带来关于虫子的问题与信息，在某种意义上也是如此吧。

看得见的时候与看不见的时候

曾几何时，我是个昆虫少年。我不停地捉虫子，做标本，看着不断增多的收集成果而高兴。

如果从喜欢收集这个层面来看的话，那么这种"有益""有害"的观点简直就是不同的世界。其实，如果抛开这种评价标准，也可以一直关注昆虫的——不，应该是正因为抛开了这种评价标准，才能让看到虫子就很开心这种状态永远持续下去。

不过，当然也不是说随便什么虫子都可以的。聚焦于某类虫子，这样才会有意思。有人只追捧蝴蝶，有人就收集天牛，不知不觉就会确定好收集的对象。在小学时期，我有时候捕捉蜜蜂，有时候收集天牛，有时候执拗起来还会去抓浮尘子和大蚊。

　　捕捉蜜蜂时，我的眼里就"看不见"蜜蜂之外的虫子了。反过来说，此时我就有了能看到之前没注意到的蜜蜂的眼睛。即使被蜜蜂蜇了，也完全不在乎。当时我还没有捕虫网，只能直接用手去捉，或是等蜜蜂停好时，用瓶子从上面扣下去。我甚至用这个方法去捉过胡蜂和长足蜂，现在想起来都后怕。当时我染上了"蜜蜂热"，完全没想到害怕。如今，这种热情退去已久，所以即使是以前我非常容易发现的蜜蜂，现在也完全看不见了——我已经失去了发现蜜蜂的眼睛。

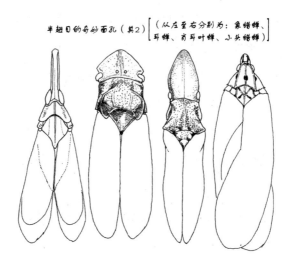

半翅目的奇妙面孔（其2）〔从左至右分别为：象蜡蝉、耳蝉、前耳叶蝉、小头蜡蝉〕

同样，对于最近我颇感兴趣的蟑螂，我小时候完全没有兴趣。那么多黑蟑螂在家里爬，我好像都没有抓过。如今，在我居住的饭能地区已经看不到黑蟑螂，屋子里住的是大和蟑螂。我想看看小时候熟悉的黑蟑螂，但手头却没有标本。于是我给老家打电话，请他们给我寄点黑蟑螂来，结果被拒绝了。

我们在采集昆虫时，对于那些自己不感兴趣的虫子是会视若无睹的。

为什么我能对它感兴趣呢？

也就是说，如果没有某种特定的兴趣，就很难看到其对象。平时对昆虫不感兴趣的人，有时也会去区分"有益"还是"有害"。非常喜欢昆虫的人，也会有不感兴趣的昆虫存在。

我坐在地上观察昆虫时，路过的学生问我：

"干什么呢？"

"好玩吗？"

如果不明白观察昆虫的乐趣，那么在他们眼里，我只能是一个不可思议的奇怪的家伙吧。

据说与蟑螂接近的虫子是白蚁和螳螂。确实，它们产卵时会在卵上盖一层膜，从这方面来看，它们确实有些相似

里蟑螂

35 mm

10 mm

蟑螂的卵壳

里蟑螂是从外国迁居日本的虫子。在我馆山的老家，这是最常见的虫子。但是，等我想把它画出来，回老家去看时，父亲却说，"差不多都已经赶走了。"结果，我在家里翻箱倒柜，也只在卫生间一角的柜子里发现了这一只死蟑螂

"这是什么虫子？"

"那是食木甲虫的幼虫。"

"你怎么知道的呢？"

"……"

通过这样的询问，最终他们把连虫子名字都知道的我再次确认为怪人。

不过，被当成怪人也在意料之中，因此我毫不介意。那么，下面我来说一下，这些既无害也无益的普通虫子为什么会引起我的兴趣吧。

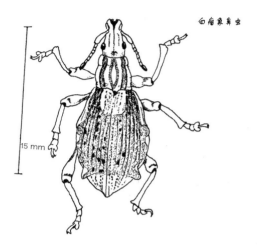

白瘤象鼻虫

15 mm

比如，有一种虫子叫白瘤象鼻虫。所谓象鼻虫是嘴巴像大象一样突出来的甲虫类。这种白瘤象鼻虫是一种很普通的虫子，我看到它时，既没有特别惊讶，也没有特别开心。

虽说是普通虫子，但阅读本书的各位读者可能也没听过它的名字吧。在学生们拿到我这里的动物里面，这种虫子在9年里总共出现了3次。可见它是非常不引人注意的。

这3次中的第1次，仅以1次对话就结束了："这个虫子，是什么啊？"

第2次也是以相同的会话开头，但接下来带虫子来的奈美绪说的话却让我很惊讶："好可爱呀，真想把它当宠物养。"

五十岚的疑问

迄今为止，我还从未有过想要把象鼻虫当宠物饲养的感觉。

"这种虫子不会到处乱跑吧，你看，它一直趴在我的衣服上。"

确实，这种虫子动作迟钝，喜欢附在衣服上爬行。

"好可爱！好可爱！"

她们非常开心。但是，对我而言，看到象鼻虫后很开心的学生更为少见，让我不由得想记录下来。对于虫子本身的兴趣，反而没有那么高了。

第3次的时候，太郎在我桌上放了一只象鼻虫，还附了一封短信："我发现了很有趣的虫子，放在这里了。"我想："啊，他给我带来的是白瘤象鼻虫啊。"之后也就打算这么过去了。

其实，我也就是比学生们稍稍多知道些虫子的名字而已，看到虫子，也常常不怎么会感到"有趣"。

他冷不了他来理科研究室，嘟嘟囔囔他向来：

小满老师，这是什么？

他兴趣很特别，喜欢象鼻虫

五十岚
（发现了白瘤象鼻虫没有翅膀的男子）

读中学时，有一次他随身上下穿着工作服就去上学了，结果在车站检票口被拦了下来："你真是中学生？"

然而，这第3次并没有就这么结束，而这也是第一次让我感到了白瘤象鼻虫的有趣。

就在太郎给我带来这虫子的那天，五十岚正好也带着这种虫子来了。

"小满老师！这只象鼻虫，翅膀打不开呀。"

喜欢虫子的少年五十岚，一边说一边走了进来。

"不会有这种事情的吧？"

象鼻虫等甲虫类的4片翅膀中，上侧的2片（前翅）很坚硬，把内侧用于飞行的翅膀（后翅）和腹部覆盖起来。我想当然地认为这可能仅仅是由于那2片前翅难以打开。

"你看。"

我拿起正好在手边的太郎送来的象鼻虫,打算打开翅膀给他看。

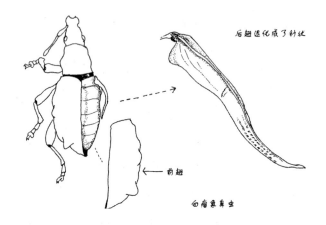

后翅退化成了针状

前翅

白瘤象鼻虫

兴趣油然而生

"欸?!"

五十岚说得没错,象鼻虫的翅膀怎么也打不开。

"哎呀!"

我手里加大了力量,翅膀这才好容易打开来了。

然而，打开一看我吃了一惊，打开的前翅里面，根本就没有应该在里面用来飞行的后翅。仔细一看，里面有个萎缩变小了的"后翅残留物"般的东西，但是，用它是飞不起来的。

"飞不起来的象鼻虫……"

我的兴趣不禁油然而生。虫子本来就是飞行的生物，比如蟑螂，学生说讨厌它们到处飞来飞去。在这"飞行的虫子"里面，却有象鼻虫这样"飞不了的虫子"，这很有意思。

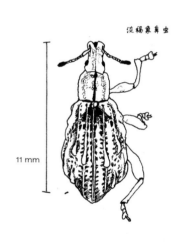

没福象鼻虫

11 mm

当然，我以前也知道有些虫子，像步甲虫以及之前介绍过的萨摩蟑螂等，并没有用来飞行的翅膀。但是，不会飞的象鼻虫这样冷不丁地出现在眼前，还是让我感到不可思议。

"这家伙，为什么就飞不起来呢？"

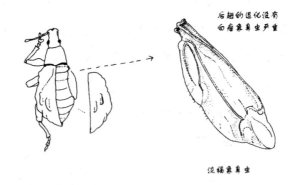

后翅的退化没有
白瘤象鼻虫严重

淡褐象鼻虫

　　在日常的"普通"之中，混入了小小的疑问，这就形成了激发好奇心的原动力。

　　我当即问了五十岚捉到这只象鼻虫的地点。

　　"它是在虎杖草的叶子上的。"

　　听完了他的回答，放学后，我再次在校舍背后的虎杖草地里，顺利地逮到了象鼻虫。

　　晚上，我再次摊开了象鼻虫。此时，我注意到了一个小误解。太郎带来的白瘤象鼻虫的后翅已经退化了，然而，五十岚说"翅膀打不开"的象鼻虫，我仔细看后才发现，原来并不是白瘤象鼻虫。查看了图鉴才知道，这是淡褐象鼻虫这一别类。这家伙正如五十岚所说的，前翅很难打开，后翅退化了。

非常偶然地，这天我发现了两种不会飞的象鼻虫。

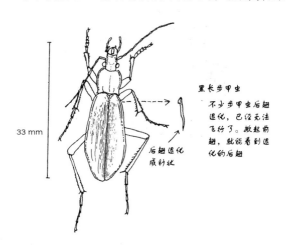

33 mm

后翅退化
成针状

黑长步甲虫

不少步甲虫后翅
退化，已经无法
飞行了。掀起前
翅，就能看到退
化的后翅

会飞的虫和不会飞的虫

在这之前，我完全不知道这2种象鼻虫的后翅已
经退化了。翻开图鉴，也找不到相关内容。也许该领
域的行家都已经司空见惯，但最起码眼前的书里没有
写，发现这一点让我很开心。一下子，我就对不会飞
的虫子产生了兴趣。此时，我想重新确认一下萨摩蟑
螂等之前我知道的不会飞的虫子。

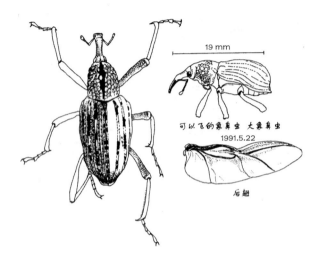

可以飞的象鼻虫 大象鼻虫
1991.5.22

后翅

　　我多方查找后发现，"不会飞"的虫子格外得
多。在甲虫类里面，除了象鼻虫之外，步甲虫、天牛
以及锹甲虫之中也有不会飞的，苍蝇以及蛾子里面也
有翅膀退化了不再会飞的品种。跳蚤和虱子也都没有
翅膀，反过来说，很少会在哪个虫类里找不到不会飞
的虫子。

　　有了翅膀很方便，既能自由地飞去捕食，也可以
逃离敌人的追捕。雌性和雄性如想幽会，飞行也是非
常便捷的移动手段。正因为有这种便利之处，虫子才

会在世界上如此繁盛。

那么，到底是什么原因促使某些虫子宁愿放弃如此便捷的优势，而成为"没有翅膀、无法飞行"的种类的呢？"不会飞"，是否也存在着什么优点呢？

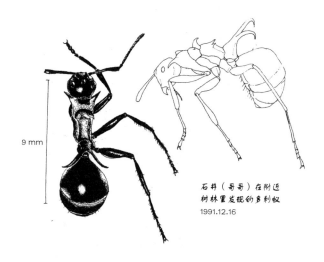

石井（哥哥）在附近树林里发现的多刺蚁
1991.12.16

9 mm

在蜜蜂的伙伴中，"没有翅膀"的代表是蚂蚁类。蚂蚁是蜜蜂的同类，这一点很难让学生们相信。如果仔细观察它们的体型，蚂蚁确实有类似蜜蜂的地方。蚁王和蚁后在一生之中仅有一次——也就是在蜜月旅行时，会有翅膀。那是蚂蚁的祖先就是带翅膀蜜

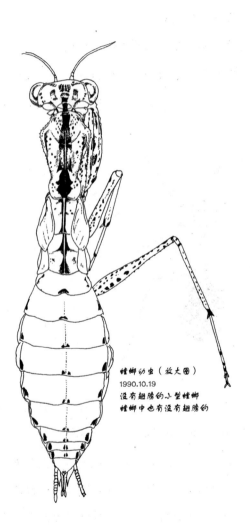

螳螂幼虫（放大图）
1990.10.19
没有翅膀的小型螳螂
螳螂中也有没有翅膀的

蜂的残留迹象。

蜜月旅行结束后，蚁后到了地面就会扔掉翅膀。据说，为了哺育最初的工蚁，蚁后会把飞行时使用的肌肉转化为营养。

飞行不仅仅需要有翅膀，还需要有肌肉。这才是关键之处。

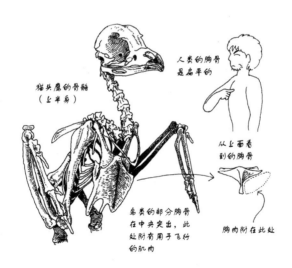

猫头鹰的骨骼
（上半身）

人类的胸骨是扁平的

从上面看到的胸骨

鸟类的部分胸骨在中央突出，此处附有用于飞行的肌肉

胸肉附在此处

鸟胸部肉的用法

鸟类也是飞行生物的代表。鸟类为了飞行，除了

翅膀之外，还有秘密之处。观察鸟类的骨架，我们会发现，胸部骨头向下呈板状凸出。这一凸出的胸骨，是为了附着飞行时所用的肌肉。这种肌肉被称为胸肉或是鸟胸部肉，正因为有它的存在，才使得鸟儿能够挥动翅膀。

然而，鸟类中也有不会飞的家伙，我也被这些家伙吸引住了。恐鸟是一种曾居住于新西兰的无法飞行的巨型鸟，我曾经见过它的骨架。这种没有翅膀的巨型鸟的胸骨，自然没有肌肉依附的地方。我曾从动物耳骨的结构感受到了生物的进化过程，这胸骨的突出，也让我感到了"飞行的力量"。

会飞的虫子同样也需要能用于飞行的肌肉。如果不飞的话，那么原本用于这部分的营养可以用到别处去。这就是不会飞行的虫子的有利之处。

在不会飞的虫子里面，好几次我都发现是雌性不会飞。在蟑螂类中，大和蟑螂的雄性会飞，而雌性则翅膀短小，无法飞行；圆蟑螂之类的雄性都普普通通，而雌性则几乎都呈卷甲虫状。在蛾类里面，蓑虫是蓑蛾的幼虫，雄性将成长为带有翅膀的蛾子成虫，雌性长大后还是芋虫状，一辈子都成不了蛾子。如果用之前肌肉的转用来解释的话，雌性是将自身的营养转用到了产卵中，进而翅膀才退化的吧。

另一方面，当然也有些动物不论雌雄都不会飞。这是由于其生活中用不着翅膀，而肌肉的转用对于雌雄两性而言都有意义的缘故吧。例如萨摩蟑螂，它用脚在地上到处跑动，能钻到各种物体的缝隙中去，这样的生活没有翅膀似乎也毫无不便。

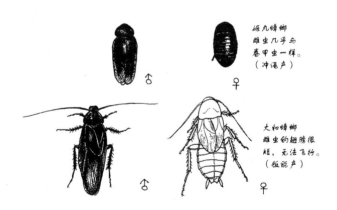

姬几蟑螂
雌虫几乎与
卷甲虫一样。
（冲绳产）

大和蟑螂
雌虫的翅膀很
短，无法飞行。
（饭能产）

迷雾重重

巨型恐鸟是在岛上生活的鸟,其他著名的不会飞的鸟,如无翼鸟、渡渡鸟等,也都是生长在岛上的鸟。在没有天敌的岛上,不会飞也不要紧,所以它们才进化成不会飞的样子吧。这样来看的话,鸵鸟在不会飞的鸟中也是个异类。它们是通过体型的不断增大,才与天敌不断交锋抗衡至今的吧。

我们在岛上也经常能看到与此相类似的、不会飞的虫子。关于这一点,一方面也是由于与天敌的关系,同时在岛上这一封闭的空间中,飞行能力不仅不必要,有可能反而会碍手碍脚。也就是说,它们勉强保留翅膀的话,反而有可能会被风吹走,说不定还会掉到大海里去。

如上所见,不会飞确实也有好处。从这个意义上讲,翅膀的退化反而成为一个非常了不起的进化。但同时,不会飞的虫子也失去了诸多会飞的优势,比如,逃脱天敌的进攻,与交尾对象的相会,向捕食地点的移动等等。

黑硬蟑螂
正如其名，它的翅膀
非常坚硬，据说因此
鸟类才不吃它们

后翅已经退化了，
已无法飞行
（西表岛产）

14 mm

那么，上面提到的2种象鼻虫是为什么才不会飞
了呢？我们可以认为，面对天敌时，它们可以用坚硬
的身体作为防御，但除此之外，从手头的象鼻虫上还
是找不到任何头绪。很遗憾未能解决这一问题，只能
留待以后野外观察了。

对不会飞的象鼻虫发生兴趣后，我还产生了
另一个问题。暑假的时候，我曾领着户外社团的孩
子们去八丈岛露营。这里有一种叫作八丈锯锹甲的
奇怪的锹甲虫，后翅虽然还在，但几乎从没见它飞
过。它们的祖先是本土的"会飞的锯锹甲虫"，移

居到岛上来后，就逐渐不会飞了（或是正在变得不会飞）。

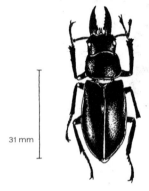

八丈锯锹甲
"不飞""不碰树液""不扑灯"，这是一种非常另类的锹甲虫。乍一看很像本土锯锹甲虫的原齿型，但它们性质非常不同。我和石井他们在八丈岛露营时，散步时拾到了死掉的八丈锯锹甲

31 mm

所谓"原齿型"，是指雄性锹甲虫中的大颚类，形容其下颚长相不佳

在八丈岛上找虫子时，居然发现了之前见过的淡褐象鼻虫。这家伙不会飞，那它是怎么过来的呢？和锹甲虫不同，它应该是移居到岛上来之前就不会飞的。而且，如果是锹甲虫的话，我们可以认为可能是幼虫爬在枯木头上漂流到此的，那么象鼻虫呢？

什么时候、怎样来到岛上的呢？

淡褐象鼻虫的幼虫是以怎样的地方为巢穴的呢？有没有可能是随着洋流飘过来的呢？我迫不及待地想知道答案。

在八丈岛上发现青蛙时，我也大吃一惊。

"在这大海茫茫的小岛上，怎么会有青蛙呢？"

调查后发现，它们是被人带过来的。

八丈岛上还有蝮蛇。

"嗯，我知道。我曾经看见过1次。不过，学校里有人说，在岛上投放了黄鼠狼后，蝮蛇就少多了。"

在八丈岛上长大的千绪告诉我。

我也想亲眼看一回，但到目前为止还没有见过。蝮蛇是怎样来到这大海茫茫的小岛上的呢？总不会有人特意把这毒蛇带到岛上来投放吧（当然，我也不想再在别处碰到蝮蛇）。

同样是虫子（在日语中，蝮蛇写作"真虫"），蝮蛇和象鼻虫可是天壤之别，不过它们都存在着"如何住到八丈岛上"这一问题。

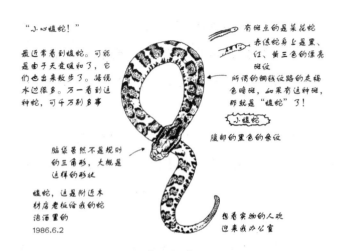

"小心蝮蛇！"

最近常看到蝮蛇。可能是由于天变暖和了，它们也出来散步了。据说水边很多。万一看到这种蛇，可千万别多事

脑袋居然不是规则的三角形，大概是这样的形状

蝮蛇，这是附近木材店老板给我的蛇泡酒里的

1986.6.2

有斑点的是菜花蛇

赤链蛇身上是黑、红、黄三色的漂亮斑纹

所谓的铜钱纹似的茶褐色暗纹，如果有这种纹，那就是"蝮蛇"了！

小蝮蛇

腹部的黑色的条纹

想看实物的人欢迎来我办公室

　　学者星野通平在《毒蛇的旅途》（东海大学出版社）一书中，曾谈到了此事。他认为，在冰河时期海平面变低时，蝮蛇从本州岛沿着陆地迁移到了这里。

　　昆虫学家黑泽良彦在《日本的生物》杂志（文一综合出版发行，1990年2月号）上也曾提到，伊豆群岛的昆虫中，有些是随着洋流漂流过来的，也有些可能是在八丈岛和本土还相连的时代渡过来的。

　　然而，很多地质学者都认为，八丈岛是由海底喷出的火山岛，从未与本土相连过。

听到了这两种观点，大家都会迫切地想亲眼确认一下真正的事实吧。因此，我想抓到八丈岛的蝮蛇和象鼻虫，亲自审问它们："你们到底是从哪里来的？"

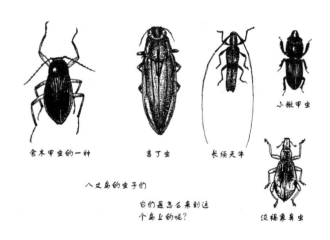

食木甲虫的一种　　　吉丁虫　　　长须天牛　　　小锹甲虫

八丈岛的虫子们

它们是怎么来到这个岛上的呢？

淡褐象鼻虫

另一个联想游戏

前面我也说过，对我而言，白瘤象鼻虫等曾是仅知其名的虫子。多亏了五十岚过来问"翅膀为什么打不开呀"，我才产生疑问，对它感起兴趣来。而这趣味又引发了新的疑问,不断地联系到了其他生物。这就像是一个联想游戏。

又一个联想游戏在怪事中开始了。

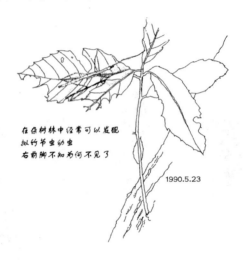

在杂树林中经常可以发现
拟竹节虫幼虫
右前脚不知为何不见了

1990.5.23

你知道竹节虫吗?就是那种细细长长,像是树枝一样的虫子。我问了学生,大多数学生都知道这种虫子的名字,但亲眼见过的人却很少。在我居住的埼玉县饭能附近,可以很容易就在树林里看到竹节虫。

春天,它们坚强地挪动着丝线般纤细的脚,在杂树林里吃着树叶,夏天就长大为成虫。

　　身患"懒癌"的我对饲养虫子这件事跟制作标本一样不擅长——不，甚至更加不擅长。在这方面，这种竹节虫只需要隔几天喂一次连着树枝的树叶，就可以养得很好了。虽说是在饲养，但它在饲养箱中几乎不怎么动，只不过时而吃吃树叶、排排粪便而已，养起来也没什么乐趣。

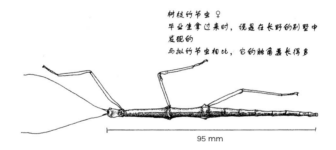

树枝竹节虫♀
毕业生拿过来时，说是在长野的别墅中发现的
与拟竹节虫相比，它的触角要长得多

95 mm

　　《日本动物志全集》（29卷，讲谈社发行）曾收录了昆虫学家安松京三的文章《竹节虫的生活》。在这篇文章中，有关于树枝竹节虫一天活动的记录。

　　在这与竹节虫面面相觑的整整24小时的记录中，反复出现了两个词——"吃"和"排便"，此外，多处还有附记"昏昏欲睡"。观察这些不动的虫子很是痛苦，而竹节虫则可以无趣到让人昏昏欲睡。

竹节太郎产卵了！

竹节虫正是这种饲养起来非常无趣的虫子，但对我来说，光是能够饲养它就已经让我觉得十分充实了。

这只拟竹节虫是我在6月15日抓到的，当时还是幼虫，我给它取名"竹节太郎"，疼爱有加（说是疼爱，其实也就是给它喂食而已）。我给它喂的是鹅耳枥和枹栎的叶子。幼虫最初长53毫米，4天后蜕皮了，长到了64毫米，7月3日，它正式蜕皮成为了成虫。虽说有这一成长过程，不管是幼虫还是成虫，竹节虫在外形上都是一样的。最后，它的体长达到了90毫米。

在它即将长为成虫前，我数了一下它1天排粪的数量，总共有65颗。我百无聊赖，只能数粪便的数量。

7月13日，"竹节太郎"有些无精打采。我不该把饲养盒放在窗户边上。不行，我不能成为连竹节虫都养不好的男人。

我赶紧换了草料，洒上些水，把它转移到阴凉处。

7月30日，因为第2天开始我要出去旅行，于是决定这天把"太郎"放生。

迄今为止，我的饲养日志还是一片空白。然而，当我决定放它出来时，才注意到已经发生了大事：不知在什么时候，"太郎"产卵了！既然能产卵，那它就是雌虫。于是，放生当天，我把"竹节太郎"改名为"竹节子"。

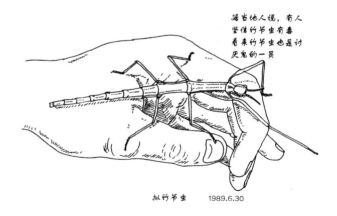

据当地人说，有人坚信竹节虫有毒看来竹节虫也是讨厌鬼的一员

拟竹节虫　　　1989.6.30

为什么说这是重大事件呢？我当时没意识到。拟竹节虫卵的形状稍有些奇怪。与其说是卵，更像是什么种子。

散落在饲养盒底部的卵，直到放生为止都混在粪便里没有被发现（也就是说到那天为止我一直没有打扫过）。

然而，问题在于，正如我在饲养记录里所记的，这个"竹节子"从幼虫期开始，就独自被饲养在我家，而它居然产卵了。能产卵也就说明它是雌性，因此我才给它改了名字。这个雌性虫子，居然独自产卵了。

这才是重大问题。

何以辨雄雌

"但是，母鸡不是也能独自下蛋的吗？"

"我家的白腰文鸟是雌鸟，它也可以单独产卵的！"

上课时，我一说起这事，大家就纷纷议论起来。

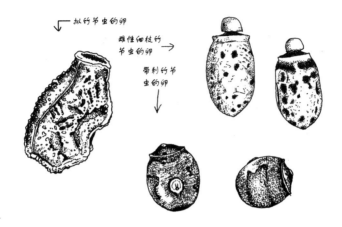

"那么，大家认为这个蛋会孵出小宝宝来吗？"

"不行的。这不就是无精卵了吗？"

其他人也纷纷附和。

"不过，确实有小宝宝孵化出来了。"

听我说完，大家都大叫了起来。

"为什么？"

"我知道了！抓来之前就已经交尾过了。"

"但是，抓来的时候还是幼虫啊。一定是雌雄同体的家伙吧。"

这回大家都同意雌雄同体这种观点了。

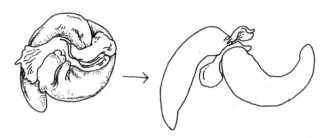

蛞蝓的交尾。蛞蝓和蜗牛一样，都是雌雄同体。不过，在交尾的时候，它们全互相赠爱精子。左侧为交错成乐e字形的状态。将它们折开后，就全发现它们头部连在一起

（1993.07.30 于对马）

"可惜不是啊。"

确实，有些动物是雌雄同体，比如蚯蚓、蜗牛之类。但它们也进行交尾的。也就是说，和其他个体进行交尾，相互交换精子，使卵受精。

"即使这样，它是独自长大的，也无法通过这个办法受精吧。"

拟竹节虫不是雌雄同体。其实，它就是单凭雌性就能产子。也就是说，在野外看到的拟竹节虫都是雌性。

"什么呀？只有雌性是什么意思啊？"

"如果只有雌性，那又是怎样判别雌性的呢？"

学生们的问题也很在理。

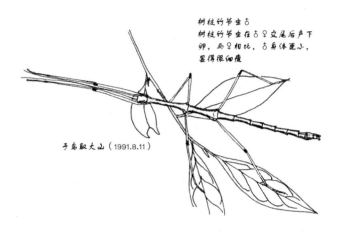

树枝竹节虫♂
树枝竹节虫在♂♀交尾后产下
卵，与♀相比，♂身体更小，
显得很细瘦

于鸟取大山（1991.8.11）

在日本，除了拟竹节虫之外，还有几种竹节虫，其中也有些是"正常"地有雄性和雌性的。比如，如果对比树枝竹节虫的雄性和雌性，我们会发现雌性要大得多。雄性和雌性在外观上很容易区分。据说，拟竹节虫也会偶尔出现雄性。

进化以后就不要雄性了吗？

有本名叫《蝗蟀》的古怪杂志，这是"日本直翅类研究会"——这个名字就很怪的协会发行的会刊。

简单来说，这是研究蝗虫、蟋蟀之类虫子的研究会，我也是会员。

在这本杂志《蝗蟀》的第85号，有一期竹节虫特刊。这期杂志现在还是我的案头书。有位叫冈田正哉的人对日本的竹节虫进行了系统总结。

据冈田所述，关于拟竹节虫雄性的记录，迄今为止只有3次。竹节虫在日本共有15种（冈田整理了14种，杂志发行后又发现了八重山津田竹节虫）。观察这14种竹节虫可以发现，雌雄都有的为9种，只有雌性的为5种。另外，雌雄都有的类型中，分布于北方的品种中，仅靠雌虫进行产卵的有2种。在饲养条件下，仅靠雌性就可产卵孵化的为1种。这些都可以在冈田的文章中读到。

也就是说，竹节虫尽管与一般虫子一样原本存在着雌雄两性，但其中某些品种，在一定条件下（比如分布在北方等），进化成了像拟竹节虫一样的、一般只能看见雌性的昆虫了。

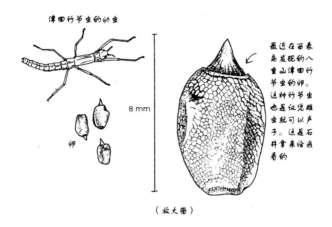

津田竹节虫的幼虫

卵

8 mm

最近在西表岛发现的八重山津田竹节虫的卵。这种竹节虫也是仅凭雌虫就可以产卵子。这是石井拿来给我看的

（放大图）

在拟竹节虫中偶尔也可以发现雄性，证明了它们中曾经也存在过雄性（这种"偶尔"是很重要的），或许可以说这是返祖现象。

"进化成只有雌性存在了？"

"人类会不会也进化成只有雌性啊？"

学生们的反应稍稍有些复杂。

"也就是说，仅靠雌性就可以生下孩子、延绵子孙。如果这样的话，那还要雄性干什么啊？"

这就是拟竹节虫引发的另外一个问题。

爱情不是全部

在跟学生们介绍拟竹节虫之前，我先让他们思考了一下雌性和雄性的存在意义。

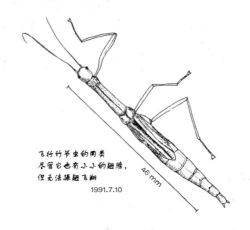

飞行竹节虫的同类
尽管它也有小小的翅膀，
但无法振翅飞翔
1991.7.10

46 mm

"雌性可以产卵或生子。"很快就有学生想到了。

"那么，雄性呢？"

"嗯，可以保护孩子不受外敌攻击。"

"也有生完宝宝就不管的。"

"怎么说呢，生产时光雌性是不够的，也需要雄性的。"

大家在这样讨论。但是，就拟竹节虫而言，如果只是想要留下子孙的话，只有雌性也就够了。雄性不是多余的吗？

　　"如果光雌性就能生孩子的话有什么好处呢？"

　　"随时都可以生，不遇到雄性也可以。"

　　"一只虫子就可以产生后代，即使被抓到了什么别的地方，只要一只虫子就可以留下子孙。"

　　"不管在雌性之间还是在雄性之间，以后也不会有为了爱情的争斗了吧，如果都成为雌性了的话。"

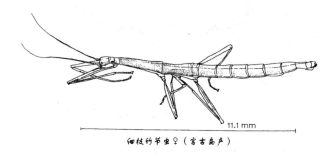

11.1 mm

细枝竹节虫♀（宫古岛产）

　　只有雌性这件事有这么多好处，但还是让人感到不可思议。包含人类在内，一般动物都是有雌性和雄性的。所以，只有雌性的拟竹节虫让人觉得很奇怪。那么，有雄性的好处究竟是什么呢？

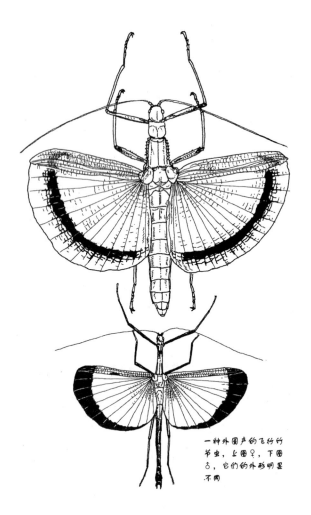

一种外国产的飞行竹
节虫，上图♀，下图
♂，它们的外形明显
不同

"是不是可以一起抚养孩子啊。"

"如果都是雌性的话，就不能谈恋爱了呀。那就不能拍爱情剧了。"

无法进行恋爱，这点让大家半开玩笑地接受了。但是，说这话的人也知道，这不是雄性存在的重要原因。

"如果仅靠雌性生孩子的话，会怎样呢？"

"啊，这样啊。如果仅是雌性的话，孩子们就都是妈妈的克隆了。"

克隆是什么啊？再说，如果是克隆的话又有什么问题呢！

我和我们的大发现

在同时有雌性和雄性的动物中，精子的基因和卵子的基因混合起来，形成了孩子的基因。另一方面，如果仅是雌性生产孩子的话，孩子就只能从母亲那里获得基因。也就是说，在遗传方面和母亲一模一样，也就形成了"克隆"。

"如果人类也是仅靠女性来进行繁殖的话……"

　　"孩子们会都长得跟妈妈一模一样！"

　　"啊，好恐怖！"

　　"说不定……"

　　"什么？"

　　"如果是克隆的话，其他的特征也都会一样吧。也就是说，如果母亲容易患某种病的话，孩子们也会一样难以抵御这种疾病。这样的话，一旦发生流行病，会全部灭绝。"

　　"确实……"

　　"那么反过来说，需要雄性的原因是什么呢？"

　　"避免形成克隆。"

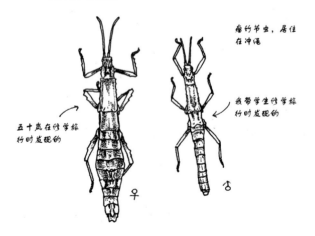

瘤竹节虫，居住在冲绳

我带学生修学旅行时发现的

五十岚在修学旅行时发现的

♀　♂

这就是学生们和我一起想出来的需要雄性的理由。也就是说，需要雄性的理由似乎就在于：丰富孩子的基因变体，即使环境恶化了，也可以避免因为某一个原因而全种族灭绝。

"还有，如果是克隆的话，就不会进化了吧？"

还有人这么补充。

雌性和雄性同时存在的话，生孩子确实会麻烦些。蟋蟀的叫声就是雄性吸引雌性的手段，而且品种不同叫声也不同。在吸引雌性时，还必须确保得是同类的雌性。还有的动物在碰见雌性时会跳求婚舞，或是给雌性赠送礼物。但是，这些麻烦之处也有其相应的回报。因此，从竹节虫全体来看好像毫无用处的雄性也光明正大地"普遍"地存在着。

平时雄性随处可见，没人会关注其存在的意义。此时，它通过竹节虫显现了出来。而思考这一问题的契机，则是源于我饲养竹节虫过程中无意发现的一件小事。

奄美竹节虫的幼虫
面子宫古岛

宗近的奇思妙想

我在课上讲解竹节虫的雌雄问题时，宗近最后提出了非常有趣的想法。

"拟竹节虫中就发现了3只雄虫吧。会不会是每几十年才会一下子出来很多雄虫，然而进行基因交换啊？"

我无言以答，他这个想法确实很有趣。

"竹子也是一样的吧？一直不停地长竹子，然后每隔几十年一下子都开花了。"

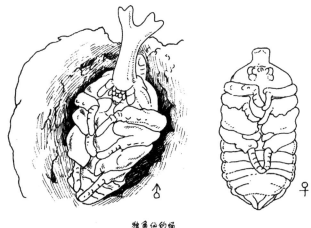

独角仙的蛹

从虫蛹期开始，独角仙的性别就很清楚

确实是这样，我不由得想，说不定拟竹节虫也是这样的。

仔细想来，宗近说的那种虫子，事实上还真存在，比如蚜虫。

"雪虫是什么虫子呀？"

"那就是长了翅膀的蚜虫。"

我曾这样回答过别人问题。还有人拿着长了翅膀的蚜虫过来问我："这个是蛾子的同类吗？"

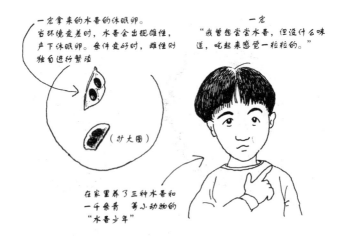

一宏拿来的水蚤的休眠卵。
当环境变差时，水蚤会出现雄性，
产下休眠卵。条件变好时，雌性则
独自进行繁殖

（扩大图）

一宏
"我曾想尝尝水蚤，但没什么味
道，吃起来感觉一粒粒的。"

在家里养了三种水蚤和
一千条鱼等小动物的
"水蚤少年"

　　蚜虫就是那些紧紧趴在植物身上吸汁的家伙，这
些大家都知道。但是，很多学生不知道，这些蚜虫到
了秋天后，就会长出翅膀来。

　　从春天到秋天，蚜虫都只有雌虫，它们附在植
物身上，不停地产下没有翅膀的幼虫。但是，到了秋
天，就会出现长了翅膀的雄虫和雌虫，它们进行交
尾，生下进行了基因交换的卵，从这些卵中孵化出来
的蚜虫又以雌虫状态不停地繁殖。这样的过程反复进
行着。

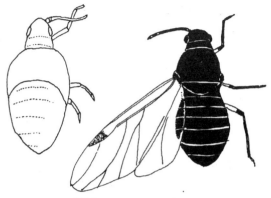

野茉莉茎叶的蚜虫和它的有翅成虫

　　就是说，它们很好地组合了两种繁殖方式——雌性单性方式和雌雄双性方式。尽管它们的周期是1年时间，但进行的过程却正如宗近所说。

　　正因为采取了这样一种方式，尽管不断地遭到瓢虫等的猎食，蚜虫还是源源不断地繁殖出来。虽然蚜虫看起来好像非常孱弱……由此，我开始关注起蚜虫来。

　　蚜虫也是些很奇怪的家伙。每一只的寿命都很短，但在1年的周期内，好几代的蚜虫不停地重复着"由无翅的雌虫到有翅的雌雄"的变化过程。

夏日，八丈岛和三宅岛

蚜虫采取的方法是在1年内交替进行雌雄双性和雌性单性这两种方式，与这种方式相比，拟竹节虫的雌性单性方式显得干净利落。

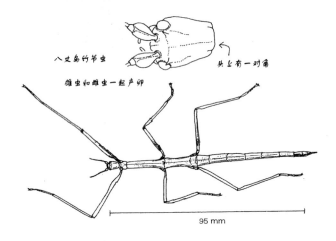

八丈岛竹节虫

雌虫和雌虫一起产卵

头上有一对角

95 mm

跟学校社团去八丈岛野营时，我马上去寻找了竹节虫。岛上有2种竹节虫。1种是原有的采取雌雄双性方式的八丈竹节虫，我曾抓了它的幼虫，带回家去饲养，但它长成了成虫后到死也没有产卵。看来仅1只竹节虫还是产不了卵。

另外一种则是据说和观叶植物一起传入该岛的带

刺竹节虫，它采用的是雌性单性方式。我带回去的带刺竹节虫，由于我照料不佳，很快就死掉了（最终，我没能够饲养好竹节虫的所有种类）。不过，石井饲养技术高明，他把8月30日带回去的成虫一直养到了第2年1月11日。他告诉我，在此期间，每只雌虫平均产了119颗卵。可见，竹节虫一直在连绵不断地产卵。

在八丈岛露营的那个夏天，在两种竹节虫之中，我经常能看到的是带刺竹节虫。作为外来品种，这种竹节虫即使只有一只也能不停地产卵，因此"虫丁兴旺"。

1991年，我们社团也曾去旁边的三宅岛进行过野营，在那里，石井发现了带刺竹节虫。之前我们从来没有在报告中见过这种竹节虫产于三宅岛的记录，因此很是惊讶。他最初说要去找带刺竹节虫时，我还回答说"这个岛上是没有的"。说完没多久，他就在路边捡到了已经死去的带刺竹节虫，我不由得佩服他的执著。

最终，在这次野营中发现了3只死掉的带刺竹节虫。后来在1993年的三宅岛野营中，当时石井已经

毕业，他弟弟——小石井也发现了一只死掉的带刺竹
节虫。

走进死胡同了吗？

　　生活在三宅岛上的带刺竹节虫好像没有八丈岛
多。今后，它们的数量将怎样变化呢？顺便说一下，萨
摩蟑螂好像本来也仅产于八丈岛，但在1991年的三宅岛
野营时，石井在三池的扎营地找到了1只，又让我吃了
一惊。到了1993年，在三池的营地已经能发现不少了。

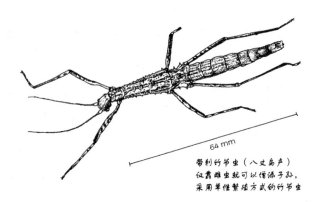

64 mm

带刺竹节虫（八丈岛产）
仅靠雌虫就可以繁添子孙，
采用单性繁殖方式的竹节虫

　　这两种动物（带刺竹节虫和萨摩蟑螂）究竟是何
时来到三宅岛，何时开始被记载的呢？具体细节我也

不清楚。不管是《蝗蟀》（译者注："日本直翅类学
会"会刊），还是《检索入门　蝉、蝗虫》（宫武赖
夫、加纳康嗣著，保育社刊），都只说这两者分布于
八丈岛，而关于三宅岛则都未曾谈及。

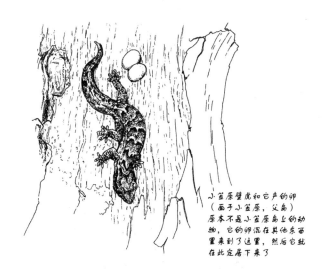

小笠原壁虎和它产的卵
（画于小笠原，父岛）
原本不是小笠原岛上的动
物，它的卵混在其他东西
里来到了这里，然后它就
在此定居下来了

　　想来，萨摩蟑螂可能是夹杂在我们乘坐的极乐鸟
花号船的行李里，最近才从八丈岛移居到三宅岛的吧，
带刺竹节虫则可能是附在植物上的虫卵带过来的。但
是，不管采取哪种方式，如果从侵入到其他地方这一角
度来看的话，这种"雌性单性式"必定更为方便。

在蝎子、壁虎、盲蛇等已不能被称为虫子的动物中，也可以看到这种"雌性单性式"繁殖。

其中，盲蛇分布于冲绳群岛、九州南部以及小笠原等地，从世界范围来看，它也广泛分布于热带区域。这种乍一看都不像蛇的、体长十几厘米的像蚯蚓般的小蛇，由于其娇小的身躯和在地下生活的习性，经常会随着盆栽等被人们到处搬来搬去。"雌性单性式"的繁殖方法，使它能轻易地在迁居地开枝散叶。

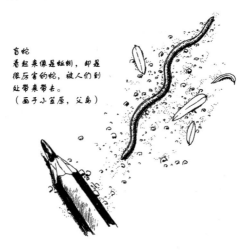

盲蛇
看起来像是蚯蚓，却是很厉害的蛇，被人们到处带来带去。
（画于小笠原，父岛）

在这些各式各样的动物里，都存在着雌性单性式繁殖动物，说明它们是在各自的族群内独立进化而来

的。但是，这种便捷的方法也有其缺陷：即使现在没有
问题，将来环境一旦发生变化，不知道它们会怎么样。

　　与蚜虫的繁殖方式相比，竹节虫的繁殖方式看起
来似乎干净利落，但仔细想来，也许可以说，它们已
经进入了生命的死胡同。

联想游戏的关键词

　　我在前面写过，雄性的存在，是为了丰富后代的
基因种类，使它们不至于在外界环境发生变化的情况
下由于同一个原因而全部灭绝。

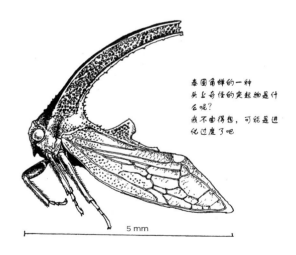

泰国角蝉的一种
头上奇怪的突起物是什
么呢?
我不由得想，可能是进
化过度了吧

5 mm

尽管如此，同时存在雌性和雄性的生物也并不是考虑到这一点才创造出雄性来的。只有雌性的生物，考虑到将来的事情，明知道不利，还是仅雌性产卵，说明了在进化的道路上，生物并没有能够考虑到将来。

如今，除了竹节虫之外，还有些动物也采取了这种雌性单性繁殖方式。它们将来会怎样，目前还不得而知。

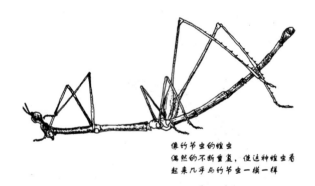

像竹节虫的螳虫
偶然的不断重复，使这种螳虫看
起来几乎与竹节虫一模一样

过去应该也存在过雌性单性繁殖的动物吧，但它们最终还是没能适应环境的变化而灭绝了。

也就是说，生物们不是有意创造出雄性来的，而是存在雄性的动物种类存活下来，一直进化到如今而已。

如今存在的生物，都肩负着长远的历史，但它们未必都能将历史延续下去。在过去，曾有许多生物的历史戛然而止。正因为如此，我认为，从将来性这点来看，仅靠雌性进行繁殖的竹节虫已经进入了死胡同。而蚜虫那种繁琐的方式，则构成了对将来的保障。

所有的生物，在"现今"存活的同时，也在创造着将来的"历史"。如今，在我们眼前的生物，都是在长年累月中穿过历史存续下来的。

动物尸体耳朵中的小小骨头记载了进化的历史，竹节虫的产卵和象鼻虫的翅膀里也藏着进化的历史。也就是说，联想游戏的关键词是"进化"。

那就是"为什么会有这种动物"这一问题。从这个意义上看，我们去捡动物的尸体的原因，与看见虫子觉得有趣的原因，可以说完全是一回事。

恶魔的使者与幸福的使者

那么，我们把话题再回到蟑螂身上吧。有一本书叫做《蟑螂3亿年之秘密》（安富和男著，讲谈社）。这本书写道，不仅在日本，在国外，蟑螂也是被厌恶的对象。

据说，蟑螂在英国被称为"恶魔的使者"。而另一方面，在古代欧洲，瓢虫被认为很吉利，是"幸福的使者"。

前面写过，我们对虫子感兴趣，是关心虫子对我们是"有益"还是"有害"。从这个角度来看，瓢虫吃"害虫"蚜虫，因此是典型的"益虫"。

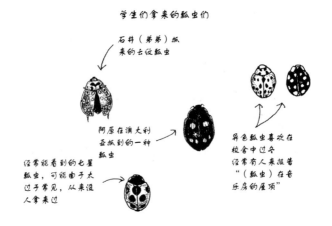

学生们拿来的瓢虫们

石井（弟弟）抓来的古怪瓢虫

阿原在澳大利亚抓到的一种瓢虫

经常能看到的七星瓢虫，可能由于太过于常见，从来没人拿来过

异色瓢虫喜欢在校舍中过冬经常有人来报告"（瓢虫）在音乐房的屋顶"

在蟑螂中，我们较为熟悉的居家蟑螂，多为黑蟑

蟑、茶翅蟑螂这些日本原先没有的外来物种。不知道
是什么时候开始，这些家伙随着人们的来往而在日本
定居下来。在寒冷的北海道，不管是野外还是家里，
本来都是没有蟑螂的，如今已有几种蟑螂在家中安营
扎寨了。作为"恶魔的使者"，蟑螂这个不速之客，
不知不觉已经登堂入室了。

另一方面，作为"幸福的使者"，瓢虫中有些种
类是被特意从国外邀请来的。因年轻时曾通宵达旦观
察竹节虫而让我惊为天人的安松京三博士，同时也是
关于"天敌"的研究者。安松先生在《天敌》（NHK
丛书）中，曾详细介绍过这种受邀而来的瓢虫。

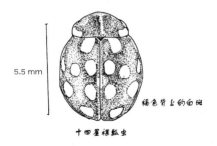

十四星裸瓢虫

橘子的害虫中有一种叫做绵蚧的虫子。这种虫子
原产于澳大利亚，作为不速之客，不知什么时候来到

了异乡他国。于是，为了保护橘子不受这种虫子的侵食，马铃薯瓢虫也从澳大利亚被引进了过来。

瓢虫的苦汁

我翻看了一下我14岁时写的昆虫采集笔记。1976年7月5日，在千叶县馆山市的老家附近，我采集到了这种马铃薯瓢虫。这家伙从老远的澳大利亚千里迢迢地来到了我家附近。

6.5 mm

虽说是瓢虫，二十八星瓢虫的同类们经常会破坏茄子的叶子，因此被当成是地里的害虫

稍稍有些离题了，由此可见，除了自身的进化之外，生物还有各种各样的历史。如今在我眼前的马铃薯瓢虫是为什么、怎样来到这里的呢？再比如说，八丈岛的白瘤象虫，又是怎样定居到岛上的呢？

　　各个生物都有源自于这一问题的历史，这为我们提供了与所谓的生物进化所不同的有趣话题。

　　再回到正题吧，我好像特容易跑题。不过，也许联想游戏本来就是跑题游戏吧⋯⋯

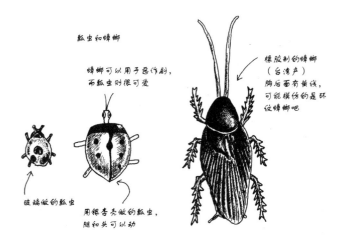

瓢虫和蟑螂

蟑螂可以用于恶作剧，而瓢虫则很可爱

楼胺剂的蟑螂（台湾产）胸后面有横线，可能模仿的是环纹蟑螂吧

玻璃做的瓢虫

用银杏壳做的瓢虫，腿和头可以动

　　瓢虫是益虫，蟑螂是害虫，从上面的例子中，我们也可以得到这种印象。即使不管有害还是无害，看起来油光发亮的、扁扁的、茶褐色、有着长胡须的蟑螂，这副尊容就会让人心生厌恶（但我不这样觉得的）。而与此相对，瓢虫则是小小的，圆圆的，红色的衣服上散落了些黑色的斑点，看起来

很惹人爱。我们能看到瓢虫形状的胸饰，但蟑螂形状的玩具，则只会被淘气的小学生用来吓唬女生吧。

为什么瓢虫图案的衣服很好看呢？答案稍稍有些令人意外。

你有没有捉过经常能看到的七星瓢虫呢？瓢虫一旦受到攻击，就会从体内分泌出黄色的汁。

"嗯，我见过的。"

"那个可苦了！"

"欸？！小满老师，你尝过味道？"

是的，我曾经尝过。瓢虫在受到欺负后分泌出的汁确实很苦，那个苦汁才是它们美丽服装的秘密所在。

生者背后的牺牲者

竹节虫看起来像是树枝，这是为了不被天敌吃掉而采取的对策。这种伪装被称为"拟态"。

在解剖貉时，我们在它的胃里发现了步甲虫、灶马虫、蟋蟀、蜻蜓以及梨蟋等。在貉的粪便里面，我们也曾捡出锹甲虫的残片。当我们用显微镜分析燕子的粪便时，也发现里面有各种各样虫子的碎片。尽管貉也吃虫子，但从数量上来说，鸟类吃的更多吧。竹节虫之所以伪装成树枝，是为了逃过鸟的眼睛吧。

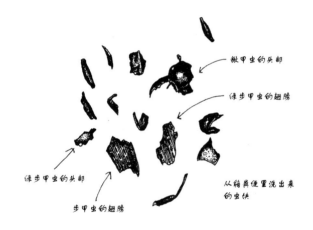

这样看来，瓢虫产生的苦汁应该也是有缘由的。对了，这是为了不被鸟儿吃掉。不过，鸟类也不是生来就知道瓢虫是苦的，不真正品尝一下它的味道，是不会知道瓢虫汁有多苦的。但是，对于瓢虫来说，鸟儿的"试吃"自然不会是好事。要尽量让鸟儿们试吃1次后就记住"我们是不好吃的"（当然，它们也没有这样的思考过程）。

这样一来，瓢虫们就希望鸟儿们能够更好地记住自己。瓢虫红底黑点的漂亮衣服，就是对鸟儿们的"广告"。为了使自己更加醒目，方便记忆，它们创造出了红底黑点这种服装。

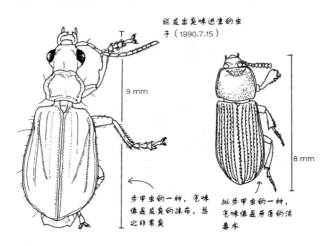

能发出臭味逃生的虫子（1990.7.15）

9 mm

8 mm

步甲虫的一种，气味像是发臭的抹布，总之非常臭

拟步甲虫的一种，气味像是牙医的消毒水

如今，我们眼前的瓢虫在对鸟儿进行着广告。它要想保命，就必须确保眼前的鸟儿已经吃过瓢虫，明白这一广告的意义。反过来，如果这只瓢虫被鸟儿吃掉的话，其他的瓢虫将因此而存活。在生者的背后，势必潜藏着死者的身影。

无法想象的精工细作

我在解剖鸟类尸体时，仅有1次发现过被吃的瓢虫。

我在1只乌鸫的胃里，发现了一种叫做异色瓢虫的翅膀。顺便说一下，这只乌鸫是在大楼的窗户玻璃上撞死的。

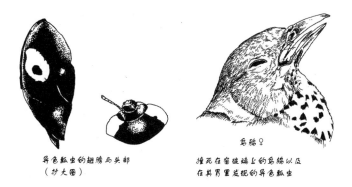

异色瓢虫的翅膀与头部
（扩大图）

乌鸫♀

撞死在窗玻璃上的乌鸫以及在其胃里发现的异色瓢虫

这只异色瓢虫的死说明对于其他瓢虫而言，1只瓢虫的死也许是毫无意义的。或者，乌鸫这种鸟根本就不介意瓢虫的味苦。这么说来，自然界中也存在着1种经常吃蜜蜂的鸟。这给我们留下1个疑问，要想寻根问底，必须再多做些乌鸫的尸体解剖。

我们现在的话题又已经偏离蟑螂很远了。为什么我要这么详细地谈瓢虫呢？

可能是在中学时候吧，我在当地图书馆发现了一本名叫《拟态》（W.维克多著，平凡社）的书。对于书里的内容，当时的我还没能充分理解，但里面的几幅彩图却深深地打动了我。如今已经很有名的能伪装成兰花的螳螂，我也是在这本书里第一次看到的。这本书里有一张螳螂的图，跟瓢虫一模一样。

这只螳螂据说是在菲律宾采集到的，它也穿着红底黑点的瓢虫衣服，难以想象这是1只普通的螳螂。

一般来说，螳螂的身体比瓢虫要更细长，但它把翅膀前部和后部外侧的边缘都卷了进来，改变了翅膀的大小，让其看起来像是圆形的瓢虫，真是相当精致了。

另外，《螳螂3亿年之秘密》也介绍了一种据说生活在印度，与瓢虫非常相似的"七星螳螂"。

当恶魔化身为天使之时

自从在《拟态》上看到以后，我一直希望自己能亲眼看一下这种瓢虫型的蟑螂。然而，这一梦想至今还未实现。如今想来，知道了这种瓢虫型蟑螂的存在，也许是我对蟑螂感兴趣的契机吧。

红色粪蛛
这种名字很奇怪的蜘蛛，白天一直躲在叶子后面。脑袋藏在里面，看起来像是白斑瓢虫的同类。至少，我最初看到它时，就完全被骗住了

那么，为什么会存在这种瓢虫型的蟑螂呢？原因已经很清楚了吧。如果长得跟很难吃的瓢虫一模一样，那么就可以不被鸟类天敌吃掉了。（据《拟态》一书记录，它主要的天敌好像是蜥蜴）

瓢虫有着作为"幸福的使者"的天使般的一面，而另一方面，蟑螂却是"恶魔的使者"。那么，瓢虫型蟑螂就成了披着天使外衣的恶魔。

但是，恶魔不会一下子就化身为天使。那么，恶

魔是怎样化身为天使的呢？

我们认为蟑螂"很脏"，怎么也不会有想吃它的欲望。但是，对于鸟儿和蜥蜴之类来说，蟑螂是很好的食物。

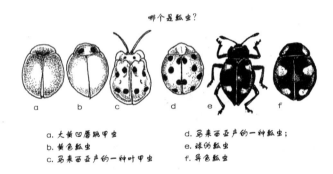

哪个是瓢虫？

a. 大黄凹唇跳甲虫
b. 黄色瓢虫
c. 马来西亚产的一种叶甲虫

d. 马来西亚产的一种瓢虫；
e. 蛛的瓢虫
f. 异色瓢虫

稍稍换个话题，我曾经历过这样一件事情。当我还是大学生时，曾经对有机农业很感兴趣，因此，经常去农户家帮忙做农活。我常去的农户家里饲养着鸡，于是我就经常帮忙养鸡。他们家的鸡被圈养在鸡舍中。有一次，我帮他们打扫鸡舍，当我们搬起产蛋箱时，发现下面居然有个老鼠窝。当惊慌失措的老鼠想要逃走时，你猜母鸡是怎么办的？它们居然冲过去把老鼠吃掉了！

蓝色翅膀上带着红色斑纹的漂亮蟑螂
蟑螂的色彩与形状因品种而异
从左至右分别为泰国、尼泊尔和厄瓜多尔的蟑螂

"哇！太猛了！"

当时我脱口而出。对于母鸡而言，有时候老鼠也只不过是鸡食而已。蟑螂也同样如此，只要体内没有难吃的部分，对于鸟而言，它们也是很好的美味吧。

更为有利的技巧

我们先假设蟑螂的天敌是"鸟"（蜥蜴也可以）吧。

最初，瓢虫型蟑螂的祖先（以下简称为"祖先"）和其他的恶魔一样，颜色应该也是很朴素的。与竹节虫一样，如果同时存在雌性和雄性，它们的孩子就能进行基因组合，产生各种各样的变体。也就是

227

说，祖先们如果产子的话，它们的孩子应该是各种各样的。

此时，"鸟"登场了，鸟儿们知道了瓢虫很难吃。"祖先"被鸟儿吃掉了，而它们的孩子的变体中，偶然有了与瓢虫外形相似的蟑螂，它们不像其他孩子那么容易被鸟吃掉。此时在鸟类看到的世界里，还不存在与瓢虫相似的蟑螂。如果那些蟑螂稍稍与瓢虫相似的话，将有利于活命。

真会这样吗？我觉得是的。我不在鸟类的立场，就说一下我个人的体验吧。

上课的中途，有时候会有虫子闯进来，引起骚动。若是蝴蝶还好，如果进来的是蜜蜂，那就不得了了。

"哇！到这边来了！"

"哇！"

学生们乱成一团，课程不得不停下来。我没办法，只好抓住蜜蜂，扔到外面去。

"你不怕吗？"

学生的眼神里一半是崇拜，一半是不可思议。对于被蜜蜂蛰，我确实已经习以为常了。但那已经是历史了，如今我也不想被蜜蜂蛰。

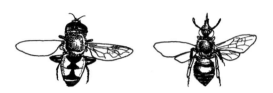

蜜蜂（右）和苍蝇（食蚜蝇，左）
虽然画出来以后颇为不同，但它们在野外飞行的样子确实很容易混淆

那么，我为什么能淡定地把蜜蜂捉住然后扔到外面去呢？其实，那是因为进入教室的虫子有可能根本就不是蜜蜂。

引发恐慌的应该就是和蜜蜂很像的苍蝇同类。苍蝇的同类中，也有与让人害怕的蜜蜂很像的家伙。

欺骗，被骗，再骗

再怎么像蜜蜂，苍蝇还是苍蝇，被抓住了也不会蛰人。它们化身为蜜蜂，原本是想要欺骗作为天敌的鸟类，而如果我们人类也认为"蜜蜂是恐怖"的话，那么我们也同样会被欺骗。

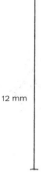

和一般苍蝇圆滚滚的样子不同，它体态修长，是腹部像蜜蜂的细腰蛇的同类

我之所以没有被那只苍蝇骗住，只不过是由于我比学生们眼睛更尖而已。也就是说，我只不过是见多了而已。即使是我，后来再去冲绳时，看到苍蝇也曾经认为"哇！这是胡蜂！"而不敢伸手。仔细一看，才发现其实是只苍蝇。看来我还没看惯冲绳的苍蝇。

"混蛋！"

在学生面前，我还能故作高明地抓住酷似蜜蜂的苍蝇，但一遇到没怎么见过的苍蝇，我就被轻而易举地蒙住了。幸好，在冲绳时旁边没有学生在，我的颜面才得以保存（？！）。

在"鸟"和"祖先"之间也存在过这种体验吧。最初，稍稍有些像瓢虫的蟑螂就可以骗过鸟类。但是，所谓"骗过"，是因为没有骗得过的蟑螂都进了鸟儿的肚子。于是，剩下来的就都是"稍稍有些像瓢虫"的蟑螂了。这样的话，鸟儿也会马上习惯的吧。

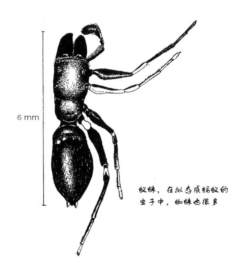

蚁蛛，在拟态成蚂蚁的虫子中，蜘蛛也很多

不过，所谓"鸟习惯了"，其实就是在"稍稍有些像瓢虫"的蟑螂里面，挑出那些"不怎么像瓢虫"的蟑螂吃掉。我也是如此，本地的苍蝇能够识破，但一遇到冲绳的苍蝇，我就又被蒙住了。于是，"稍稍有些像瓢虫"的蟑螂中，只有"很像瓢虫"的蟑螂存活下来，然而，鸟儿又慢慢适应了……这样反复交替。

最终，这种重复使得原本是"恶魔样子"的"祖先"，变成了"天使样子"的瓢虫型蟑螂。"鸟"和"祖先"的这种"叠手背游戏"，成就了它们的进化。

树叶蝶（台湾产）
翅膀的里面和树叶一模一样，
这是伪装成树叶的蝴蝶

你追我赶

在冲绳被苍蝇蒙骗后，我暗下决心："以后再也不被骗了！"

然而，到了亚马逊河流域之后，又轻而易举地被蒙了。即使熟悉了亚马逊地区酷似蜜蜂的苍蝇，一旦去了非洲，估计又会被骗了吧。这还是"叠手背游戏"。

瓢虫型蟑螂是在鸟类和蟑螂的"叠手背游戏"中逐渐形成的。看到瓢虫型蟑螂的照片时，我不由得感叹："真像呀！"

因为我们没有亲眼见证它们演变的过程，这种感觉就尤为强烈。

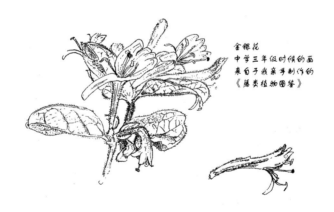

金银花
中学三年级时候的画
来自于或亲手制作的
《藤类植物图鉴》

"小满老师，你居然能若无其事地碰动物尸体！"

"小满老师画得真好！"

学生这样说我，其实也是同样的道理吧。我开始认真画画，是在中学三年级时。现在我的学生正好是我当年的年龄，五十岚发现了无翅象鼻虫，石井在三宅岛找到了带刺竹节虫，他们都比我画得好得多。我们的区别仅在于，如今的我比他们坚持画了更长时间而已。

关于动物的尸体，我也不是一开始就敢碰的。最初只是尝试画些尸体的图，慢慢习惯之后，就能够捡些回来了，然后再试着解剖……这些尝试，最初都是很痛苦的。

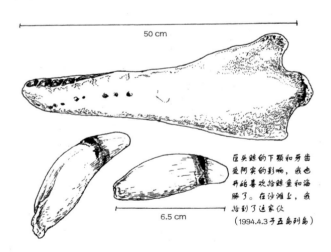

50 cm

6.5 cm

巨头鲸的下颚和牙齿
受阿实的影响，我也
开始喜欢捡鲸鱼和海
豚了。在沙滩上，我
捡到了这家伙
（1994.4.3 于五岛列岛）

我和小实就是这样一种你追我赶的关系：我教解剖→小实制作全身骨骼标本→我对骨骼进行速写→小实毫无遗漏地描出了全身骨骼→我注意到了听小骨与进化之间的关系→小实开始调查各种动物的耳骨……（我有些担心了，小实再这么提高的话，我就快跟不上他了。）

不管怎么说，取得成果前的努力和反复错误，别人是很难注意到的，生物的进化也如此吧。

阳台上的虫子尸体

读到这里，大家是否已经有些理解，为什么我会对那些人们觉得"没兴趣"、"跟我们没关系"或是"恶心"的虫子感兴趣呢？如果抱着理解生物进化过程的心态来观察虫子的话，一定会唤起我们内心深处的某种与此相关的兴趣。

关于观察虫子，最后我想再补充一点。

有人说，不敢去碰正在动的虫子。还有人说，采集昆虫时把昆虫弄死太残忍了。对于这些人，我可以推荐个好办法。很简单，就是去捡虫子的尸体。什么？你又说那不是更"恶心"了吗？

确实，如果你不能从虫子尸体上看出点什么来，那么它确实只会让你觉得恶心。那么，关于从虫子的尸体上"能看出点什么？"我想再从其他角度进行一些补充。这是个极为容易的方法，既不用捕虫网，也不用毒瓶，更不会有"杀死"虫子的罪恶感。

首先在我家试试吧。写到这里，我突然想去看一下家里长时间没有打扫的阳台（在5楼）。在花盆后面，排水口附近，经常能看到虫子的残骸。

孩子从韩国捡回来的蟑螂。
她说在塔洞公园看到了很多
蟑螂死在地上

（1994.5.7）

12月23日，我发现的虫子里，有15只活的异色瓢虫，它们是来过冬的。还有夏天扑到房间灯泡上，或是来过冬却已经死去的虫子们，具体如下：茶褐食虫椿象1只，茶翅蜻3只，茶翅椿象1只，黑天牛5只，小青花金龟1只，斑喙丽金龟1只，七星瓢虫1只，异色瓢虫11只，叩头虫1只，蟋蟀1只，黄色雀蜂1只，等等。这些都是我家附近极普通的虫子。

其中，黑天牛经常会飞到灯泡上来，食虫椿象、茶翅蝽和异色瓢虫则是越冬昆虫的代表。通过这些，首先大致可以看出"我家附近有怎样的虫子"，其次我们也可以知道，野外的虫子会悄悄地来家里做客。

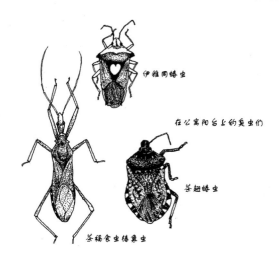

伊锥同蝽虫

在公寓阳台上的臭虫们

茶翅蝽虫

茶褐食虫椿象虫

漫步四周……

接下来，我们去外面走走吧。捡动物尸体最简单的方式，就是在路上一边走一边捡，尤其道路旁边的侧沟里经常会有虫子的尸体。我们看几个例子吧。

例一：北海道网走地区的侧沟（约200米）。蜣螂22只，布甲虫2只，斑股锹甲虫2只，条形锹甲虫4只，埋葬虫多只。此外，还有红萤和蠼螋的同类。

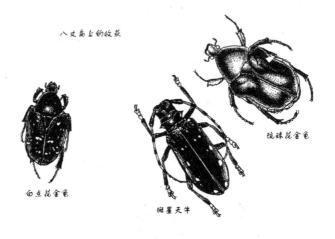

八丈岛上的收获

白点花金龟

斑星天牛

琉球花金龟

例二：冲绳本岛，山原地区的与那霸岳前林荫大道的路上和侧沟（约4公里）。冲绳平锹甲虫1只，冲绳虎甲虫1只，微独角仙1只，金龟子2只，食木甲虫1只，蝼蛄1只，蝗虫的同类2只，琉球蟑螂2只，蚯蚓多条。此外，还有渡濑麝鼩1只，剑尾蛛蜥93只，蛇4

条，龙蜥1只，青蛙6只等。

　　例三：八丈岛，从底土地区到市中心。萨摩蟑螂11只，黑蟑螂2只，带刺竹节虫1只，白点花金龟1只，核桃虫1只，斑星天牛1只，琉球花金龟2只，此外，还有日本林蛙、黄鼠狼、麻雀各1只等。

　　例四：八丈岛，从底土经过登龙岭到住吉地区。八丈锯形锹甲虫10只，肥角锹甲虫2只，琉球花金龟多只。

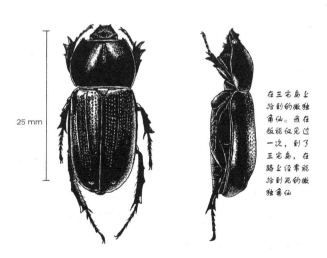

25 mm

在三宅岛上拾到的微独角仙。我在饭能仅见过一次，到了三宅岛，在路上经常能拾到死的微独角仙

　　例五：三宅岛，三池至阿古之间。微独角仙1只，小锹形虫14只，锯形锹甲虫7只，斑股锹甲虫1

只，白点花金龟1只，大象鼻虫1只，虎斑天牛1只，斑星天牛2只，食木甲虫3只，平锹甲虫1只，熊蜂1只，土蜂1只，切叶蜂1只，大水青蛾1只，萨摩蟑螂1只，带刺竹节虫1只。此外还有2只乌鸦和1只黄鼠狼。

怎么样？是不是地点不同，能看到的动物尸体也不一样？不过，除了北海道之外，其他四处都是我和学生一起记录的。捡动物尸体也是"众人齐拾乐趣多"。

写着写着，我不由得想，真是"路上行，必遇动物尸"啊。

旅行地的向导

在冲绳山原地区，我们发现了大量的剑尾蝾螈（居然有93只）掉在侧沟里干死了，同时，我和学生们也找到了一些还活着的，都放回到树林里去了（死的有93只，活的只有11只）。

剑尾蝾螈是奄美、冲绳地区的特有物种，只有在这些岛上才能看到，非常珍贵。而它们却掉在侧沟里死掉了。此时，我们感到的已不仅仅是捡到尸体的喜悦了，我们第一次深切地体会到，对于小动物而言，侧沟是多么难以逾越的天堑啊。

我重新翻了一下三宅岛和八丈岛的采集记录。两处都有很多锹甲虫，然而，三宅岛上最常见的小锹形虫在八丈岛上却几乎看不到。虽然八丈岛上也有小锹形虫，但数量却很少。我家附近最常见到的也是小锹形虫。到八丈岛定居后，我总在思考，为什么这里的小锹形虫如此之少呢？我开始思考在这里捡不到小锹形虫的原因。

另外，在以上例三中的八丈岛，我提到的10种生物中，有5种是由人带进八丈岛的：黑蟑螂、带刺竹节虫、琉球花金龟、日本林蛙和黄鼠狼。在比八丈岛更南方的小笠原岛上散步时，看到的景象就更为极端了。在父岛的小凑至扇浦间约3公里的路上看到的，是133只海蟾蜍，它们在当地算是外来物种。也就是说，在岛上，外来物种很容易繁殖起来。这一点也可以从动物尸体收集中看出来。

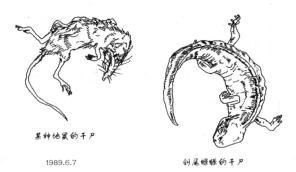

冲绳本岛，在通往与那霸岳的林荫道上

某种地鼠的干尸

1989.6.7

剑尾蝾螈的干尸

在外地的动物收集都是在旅行途中发生的，这是因为在旅行之处了解当地生物的最便捷方法，就是收集动物尸体。如果首次来到当地，那么我也不知道怎样的生物会喜欢那里。

此时，路边的动物尸体，就成了当地的"自然向导"。

就这样，收集动物尸体可以使旅行的乐趣倍增。

让每一天都开心、有趣

旅行是很有意思的。远离已经司空见惯的日常环境，邂逅新鲜的事物，这让人非常期待。

死在路上的海
蟾蜍
这是从美国迁
移到小笠原岛
的动物

　　我尤其喜欢去接触当地的生物，所以，一到休假时，我就会去冲绳、北海道乃至海外旅行。

　　在旅行中与珍贵生物的邂逅让我非常兴奋，我逐渐明白了，在旅行中有趣的不仅仅是旅行本身。冲绳有冲绳独有的生物，亲眼看到这些是很有意思的。那么，怎么个有意思法呢？

　　如果不与其他什么进行比较的话，我们是无法理解有趣这件事的。如果想要了解冲绳生物的趣味，那么，作为与其进行比较的对象，就必须熟知自己家附近的生物。这样的话，反过来能发现自己家附近有着冲绳所没有的生物。

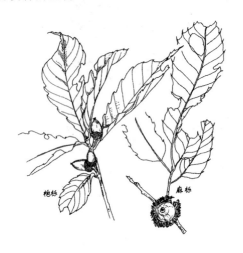

枹栎　麻栎

从冲绳的角度来看，我家附近的枹栎和麻栎树林，以及住在里面的虫子们都是非常珍贵的。去各处参观是非常有趣的，不过，自己身边的自然也是同样有趣的。

"上课真无聊啊，要是每天都有点什么节日就好了……"

到了运动会或是校园文化节时，学生们都很兴奋。在他们看来，与这些节日相比，平时是乏味的。

但如果每天都是节日，那又会怎样呢？

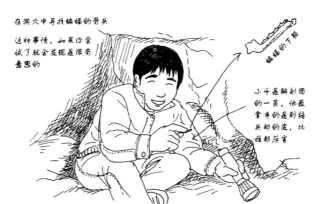

在洞穴中寻找蝙蝠的骨头

这种事情，如果你尝试了就会发现是很有意思的

蝙蝠的下颚

小千是解剖团的一员，他最拿手的是剥结头部的皮，比谁都厉害

　　在我看来，平时和节日同样有趣。只不过，正如冲绳和饭能都有各自独特的虫子一样，它们有趣的内容不同。我想悄悄地告诉同学们："你们要成为在课程中也能找到趣味的人啊！"

　　"高中就是进入大学的预备阶段。"

　　不对，高中也有高中的乐趣。人生也有只有高中生阶段才能做的事情。

　　正因为如此，我们才能在动物尸体中找到乐趣，才能在虫子中找到乐趣。即使是虫子的尸体，我们也可以找到乐趣。

第四部分
怪人的快乐世界

这还是饶了我吧

我随便上街逛逛。

"你好！"

"啊，你好！"

我遇到了著名的鸟类画家冈崎立。

"去哪呢？"

"我在找一种叫做农吉利的植物。"

正好我也没什么事，于是我就改变步行方向，跟冈崎一起去找农吉利了。冈崎也住在饭能，他不仅画鸟，还拥有鸟类调查员（给鸟安装脚环标识，进行跟踪调查的人）资格，在从事鸟类调查工作。

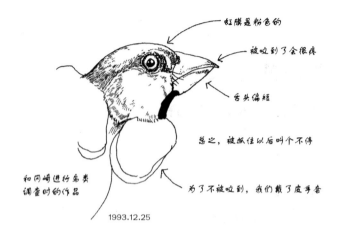

虹膜是粉色的

被咬到了会很疼

舌头很短

总之，被抓住以后叫个不停

和冈崎进行鸟类调查时的作品

为了不被咬到，我们戴了皮手套

1993.12.25

"上次可真倒霉！"

一边走着，冈崎说起了最近发生的事情。在附近的树林里，他正要进行鸟类调查时，突然发现了一个奇怪的东西。仔细一看，居然是开始白骨化的人类尸体。

"盛口老师，你喜欢尸体的吧。我当时想打电话给你，问你要不要来看看的。你想画一下吗？"

冈崎半开玩笑地说。

"饶了我吧。人类的尸体我可不敢碰。"

"欸，你原来也有不敢的啊。"

也不知道他有几分认真、几分玩笑。被人认为喜欢尸体，也是有利有弊的。

后来，过了几天，冈崎又问我，要不要去看鸟类调查。我很高兴，决定去看看。这次是针对在某学校集体筑巢的岩燕的调查。

校舍墙壁上有好几个岩燕用泥土筑的窝。要给它们装鸟环，首先必须把鸟儿抓住。据说他们会用捕虫网来捉岩燕。

手中的温暖

虽说是用捕虫网捉鸟，但只有佐佐木小次郎（译者注：日本古代著名剑客）之类的人才可以抓住到处乱飞的岩燕吧。所以要等它们钻进了泥土巢后，在巢穴门口架好网，等它出来。

这样写起来似乎很简单，但谁知道它会什么时候出来。而且，即使进了网，如果网没收好，它也会一下子跑掉。他们也让我试着捕捉了，但总是失败，最终，一只也没有捉到。

为了对岩燕进行调查，美雪正在用捕虫网捉燕子
或没能抓到，但她却抓到了
（1993.6.6）

校舍

岩燕的粪

　　他们捕捉到岩燕后会轻轻地握在手心，辨别出是雌鸟还是雄鸟，雏鸟还是大鸟，然后再系上脚环。对我来说，它们都长得一样，然而在"观察鸟的行家"看来，它们在眼睛颜色和羽毛形状上都很不同。

　　在把系好了脚环的鸟放回天空前，我也用手握了一会儿。我握着鲜活的岩燕，手里传来了温暖的感觉和心脏的跳动。这与我之前看惯的动物尸体果然是完全不同的。眼睛最不一样，我不禁看呆了，原来活的动物眼睛是这样的啊。

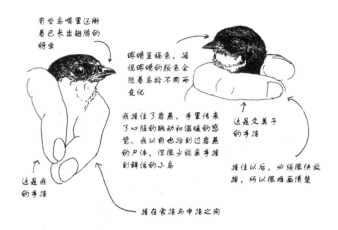

有些鸟嘴里还衔着已长出翅膀的蚂蚁

眼睛呈褐色，据说眼睛的颜色会随着鸟龄不同而变化

我握住了岩燕，手里传来了心脏的跳动和温暖的感觉。我以前也拾到过岩燕的尸体，但很少能亲手握到鲜活的小鸟

这是久美子的手指

握住以后，必须很快放掉，所以很难画清楚

这是我的手指

握在食指与中指之间

　　虽说尸体也很有趣，但还是有很多东西我们只能通过活物获得。鲜活的鸟在手中的那种惊喜，是不管怎么握尸体都无法获得的。看来，我也是喜欢看活着的生物的。

　　"捉岩燕的时候要小心啊，它身上有蜱虫的，很大的那种。"

　　我去绑脚环的时候，冈崎提醒我说。

　　"这里有，这里有！"

　　在抓住了岩燕的冈崎的手上，有寄生虫在快速地爬着。我马上逮住它，放到了胶卷盒里。

何以捡君还?

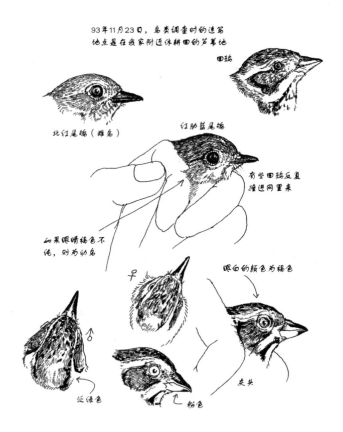

93年11月23日，鸟类调查时的速写
地点是在我家附近休耕田的芦苇地

田鹀

北红尾鸲（雌鸟）

红胁蓝尾鸲

有些田鹀反复
撞进网里来

如果眼睛褐色不
纯，则为幼鸟

眼白的颜色为褐色

♀

♂

灰头

泛绿色

粉色

"这不是蜱虫，是虱蝇！"

我看了一眼，高兴地叫了起来。这是我多年以来一直想找的虫子。

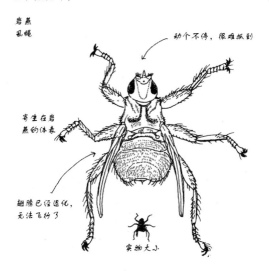

岩燕
虱蝇

动个不停，很难抓到

寄生在岩燕的体表

翅膀已经退化，无法飞行了

实物大小

形形色色的苍蝇

趴在岩燕身上的那个虫子，正是虱蝇。我只听说过它的大名，见到本尊还是第1次。

亲手触摸到了活着的岩燕，我当然很开心，但与虱蝇的相遇，更让我兴奋。

顾名思义，这种虫子是苍蝇的同类。然而，身躯稍扁，腿向身体旁边探出，像蜘蛛一样。最有意思的是，它用来飞行的翅膀已经退化成棒状，无法再飞了。寄生在鸟身体表面的生活，日积月累使它们变成了如今的模样。飞快地在人类的手臂上到处爬动的样子，确实如冈崎所言，很像蜱虫。

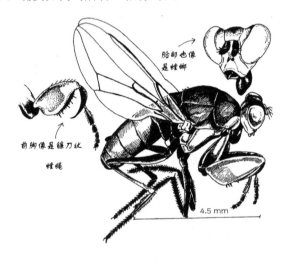

脸部也像是螳螂

前脚像是镰刀状

螳蝇

4.5 mm

苍蝇跟蟑螂一样，都是惹人厌的角色，被认为"脏""吵"，总之没什么好形象。但是，正如蟑螂的同类里也有瓢虫型蟑螂和可以入药的蟑螂一样，种类颇多的苍蝇里面也有不一样的类型。既有貌似蜜蜂，骗过了学生们的苍蝇，也有像虱蝇一样，抛弃了翅膀变得像蜱虫一样的苍蝇。

还有一种苍蝇，我久闻其名，一直想一睹尊容，那就是螳蝇。书里说这种苍蝇长在水面，因此每次去水边，我都格外留意，但一次也没见到过。它到底是怎样的虫子呢？至今我都毫无头绪。

我们学校里有个学生挖的水池。有一天，我在池边散步，突然就看到了它。它当时落在水面的水绵上，奋力搏斗了30分钟后，我终于逮住了这个敏捷的家伙。仔细一看，它的前腿确实像镰刀。的确是螳蝇，太好了！

虱蝇是样子像蜱虫或是虱子的苍蝇，而这个螳蝇则长得像是螳螂。我仔细端详，这家伙确实连脸部都像是螳螂。

看来苍蝇的世界也是形形色色，无奇不有。

各种各样的学生

苍蝇里面也有各种各样的类别。昆虫有90万种之多，因此有各种各样的种类也毫不奇怪。但是，用苍

蝇来进行相互比较，才能够更深切地感到这"各种各
样"的意义。

要说各种各样，其实学生也是如此。最近有件事
让我尤感如此。

我如今在给高中三年级学生上选修课"饭能的
自然"，课程内容不是"晴耕雨读"，而是"晴观
雨剖"。

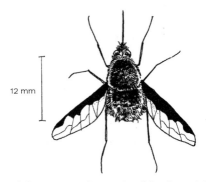

这是蜂虻的一种，到了春天，这个毛茸茸的家伙就会凭借着
高速飞行与空中悬停，在花丛中穿梭不停。我年少时候没有
捕虫网，怎么也捉不到它，对它是觊觎已久

春天追随着貉的兽道进山，夏天在鼹鼠的洞穴前
等待鼹鼠，秋天则捡拾橡栗，调查树林，在空闲下来
的雨天，则进行解剖，……就是这样一种课程。我和

伙伴安田君带着四十多名学生一起在野外到处奔波。

　　到了12月，三年级的课程快结束时，我让他们根据之前讲过的内容分小组进行自由研究。那么，他们分成了哪些小组呢？

貉小组在废屋的地板下，发现了疑似貉洞穴

　　最有人气的是鼯鼠小组，看来还是观察活的动物最有魅力了。其他还有貉小组，越冬动物观察小组，生存烹饪小组，解剖小组，爬树小组等。最后的爬树小组，是以爬上树去寻找鸟窝为主要目的的奇怪小组。

　　下面是我们的研究一景。

　　某天，我带着鼯鼠小组去了那个喜欢动物的旧货店老爷子店里。听完了一通老爷子的鼯鼠故事后,终于能够和他饲养的鼯鼠照面了。

"这边是住宅……那边是活动场所。"

听着老爷子的介绍,大家热闹起来。

"哇,好时髦!"

"出来了,出来了,眼睛好大!"

"真是大家伙!"

看来还是活着的鼯鼠受欢迎。

一辈子才能碰上1次的事

"大家别吵,它马上就会老实了。"

老爷子的一句话,让大家都安静下来。

附近的旧货店"木户屋"
里饲养的鼯鼠幼崽
这栋房子的屋梁里面还住
着野生鼯鼠

鼯鼠则好像很好奇的样子，往学生们的膝盖上窜。大家"哇"地想要躲开，老爷子又发话了。

"别怕！不要紧的。"

但阿则还是让鼯鼠抓到了脸，稍稍被咬破了些。

"阿则，没事的，被鼯鼠咬到，这是一生难遇的呀。"

"好疼啊，如果不疼的话，被咬咬倒也没关系。"

"大家快看，阿则的脸上有牙齿印。"

"大家拍个照片吧。"

好像没人同情阿则的不幸。

当我带着阿则他们回到学校的时候，其他几个小组也正热闹着。

含有强烈的毒性
切成小块后，放在锅里煮三次，然后用网筛捣碎，最后放到油里炸

天南星芋头
1993.10.18

　　生存烹饪小组的成员们正在桌上用油炸东西，油星乱飞。他们在炸的是捣碎的天南星芋头。天南星是芋头的同类，通体有一种叫做"草酸钙"的毒素。但是，仅从外表来看，这种芋头好像还是挺好吃的。我想，绳文时代的人曾以它为食的吧。不过，必须得去掉毒素才行，这种毒素吃下去嘴会肿起来的。

　　据说，八丈岛上的人曾将岛生天南星芋头煮熟后，用臼捣碎去毒后做芋头糕。既然在八丈岛上能吃，那么在饭能应该也是可以吃的。

岛天南星
1986.7.23
八丈岛
已经结了果

安田也混在这个小组里。

"我吃了不少，味道真不错。"

"欸，真的吗？"

我听说过这种芋头的强烈毒性，看到炸出来的东西后马上掉头就走。

"千真万确。锅煮开了3次后，就完全没毒了。煮的透烂了，所以用油炸了一下。"

听了他的话，我战战兢兢地尝了一下味道。确实不错。

天南星已经枯萎了的果实
新鲜时是通红的，呈玉米状，
很是扎眼
学生们常常向我这是什么
1993.12.5

"不过，吃了5个以后，嘴里还是有些发麻。"

也有人这么说。看来，毒性还是没能完全去掉。这种毒素就是我们在剥芋头皮时使我们手痒的那种毒，只不过天南星更强些而已。少吃点的话，虽会有些不舒服，但不会死掉。

野炊小组有个成员还告诉我说，"我让别吃，阿亮还是把生的直接放进嘴里了。"阿亮就是那个空手挤貉的肠子的牛人。他吃了没去毒素的芋头！

"欸，没事吧？"

我慌忙环顾四周。阿亮愣愣地站在那里，跟平时不太一样。

"你没事吧？"

"芋芋芋……"

哎呀，他的嘴肿起来了，说不出话。

"看到阿亮这样后，大家都不敢吃这个芋头了。"

安田解释说。尽管阿亮第2天就跟平时一样说话了，不过据说那几天吃饭时嘴都疼。看来，天南星的毒性的确不容轻视。

尸体发掘现场的录像

"我们找到了青蛙，太激动了。还有蚯蚓和卷甲虫。"

越冬动物观察小组的成员真香他们从土里面挖出了正在过冬的林蛙，心满意足地回到教室来。

貉小组测绘了兽道，然后观看了上周活动的录像。上周，听说河滩上埋了一只貉，广子他们马上赶过去挖了。今天，他们用录像机回看了当时的挖掘过程。

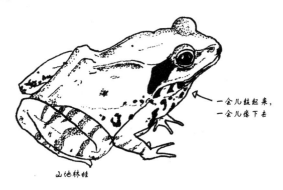

一会儿鼓起来，一会儿瘪下去

山地林蛙

"看，这就是花了。"

"对，对，这时候开始，我就觉得有些不

对劲。"

我听到他们的对话有些奇怪。

在挖掘貉尸体的时候，发现那里供着花，在尸体旁边还发现了皮球和布娃娃。

"真奇怪。"

正如他们所想的，那不是貉，而是家猫的干尸。

"我感觉我们有点像是在盗墓……"

"我们好像做了件大坏事。"

上周，他们回教室时都很沮丧。如今，我又在录像里看到了他们当时的表情。

上周为止还干劲满满地在找鸟窝的爬树小组，这回也是一无所获。

"树是爬上去了，但一无所获。"

"好的树是有不少。"

至于解剖小组，由于核心成员请假，于是大家休息一次。

夹在树根、植物碎片中，
白色的塑料带颇为醒目。
这就是小鸟的新建材吧

鸟巢
1990.5.28

　　被鼯鼠咬了的阿则，吃毒芋头把嘴吃肿了的阿亮，挖到青蛙而兴高采烈的真香，破坏了小猫墓穴的广子，没找到鸟窝而很懊恼的友通……

　　尽管他们都上着同样的课程，一旦让其进行自由组合，我才发现学生们是如此不同。

　　一般来说，看到人群时，我们会想"好多人啊"，但不会想"好多种人啊"。让人觉得"好多种人"，是在大家做着同一件事，方法却完全不同之时。

他喜欢骑自行车旅行，这些是他独自去澳大利亚旅行时拾回来的虫子

"好哇！"

小原（吃过毛毛虫的男子）

他是人力飞行器社团成员，因此每天都穿着工作服在研究机器

就我而言，和自己担任班主任班级的学生聊天，与跟选修课上的学生们说话，感觉是非常不同的。当面对的范围过大时，就会看不清每个人。反过来，越是了解对方，就越会感到"每个人都不一样"。这就是发现"好多不同的人"的条件吧。

再以苍蝇为例来看吧，我们聚焦于昆虫中的苍蝇类。当我们把螳蝇和虱蝇放在手里看时，才会深深地意识到："虫子也是各有不同啊"。

正常人、怪人

在生物学中，"存在各种各样生物"的状态被称为"多样性"。

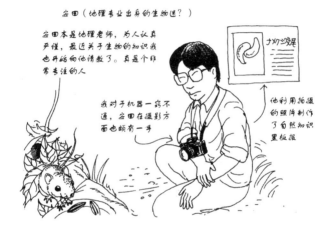

如今，看着学生们，我就会深深地感受到人类真是富有多样性的物种啊。我第一次有这种想法，是在大学三年级时。我喜欢生物，因此进了生物科。班里只有20名左右的同学，但每个人的长相都各有不同。

M是个络腮胡子，到处拍女孩的照片，尤其喜欢小女孩（他本人坚决否定自己是萝莉控），性格温和，非常不喜欢解剖。T总开着大排量摩托车，像个黑社会大哥，但他的精密素描是最棒的。K是个植物迷，体育、音乐之类的什么都要来两下，是个很受欢迎的男生。N是个鱼控，关于鱼几乎无所不知，但一喝起酒来，常常会发酒疯。A是个二年级学长，留级后跟我们同班，喜欢青蛙，是个登山狂。同样留级的F具有厨师级别的水平，喜欢大海。我们大家都喜欢生物，但又如此不一样，让我分外感触。

大学一二年级时，面对这么大的差异，我还有些无所适从，到了三年级，我已经开始觉得这种差异很有趣了。

"那家伙太怪了，不过这样才有趣。"

这是我当时经常说的，同时，也开始认为，"自己奇怪点也没关系吧"。

在那之前，我一直强迫自己保持跟别人一模一样。中学的时候，努力在人前不表现出自己对生物的热爱，装作一个"普通人"。

不过，后来我才意识到，其实我所设想的"普通人"是不存在的。不管是谁，只要脱掉伪装，都是各有所怪的。能够意识到这一点，对我来说是非常重要的。

多样才有意思

　　能否对生物感兴趣，在很大程度上取决于是否能对这种多样性感兴趣。至少，我自己之所以喜欢生物，主要是由于我觉得每个生物都不同，将它们进行对比是很有趣的。

竹节虫的各种虫卵

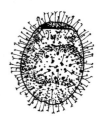

在松飞行竹节虫　　　树枝竹节虫　　　瘤竹节虫

　　以前，把昆虫摆到标本箱中之时，或是把贝壳捡回来装进盒子里的时候，相邻的虫子或贝壳的微妙差异让我非常兴奋。如今，我的房间堆满了这些杂物，基本上也是由于同样的原因。

　　即使是听小骨这种身体里非常微小的部分，牛、猪、狐狸都各有不同。这就是多样性。

　　竹节虫都呈现出相似的棍棒状，但它们的虫卵因

品种不同而各式各样。它们悄悄地在虫卵上进行了打
扮。多样性往往就表现在这样一些细节处。

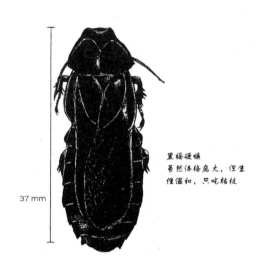

37 mm

黑褐硬蠊
虽然体格庞大，但生
性温和，只吃枯枝

　　蟑螂也是52种各有差异。日本虽没有瓢虫型的蟑
螂，但在西表岛上，有一种叫做琉璃蟑螂的翅膀发出
蓝光的美丽蟑螂。如今我在家里饲养的大蟑螂是一种
生长在枯树中的蟑螂。蟑螂给人的印象往往是杂食性
的，但这种大蟑螂却以吃木屑为生。在我的房间里，
饲料就是松树的枯枝。蟑螂也是越看越让人感到多样
性的存在。如果可以的话，我想把全世界的约3000种

蟑螂都看个遍。

在本书开头部分，我曾说让人不舒服的形象之一就是新建住宅区。除了之前所列过的原因之外，还有一点就是在这里感受不到多样性。这样说有点对不起里面的住户，但是这种房子整齐排列的情景，确实让我感到有些不舒服。同样，追求流行事物的样子，穿着制服行进的队伍，也让我感到不舒服。大家异口同声地说着一样的内容也让我感到不舒服。我认为，每个人都应该是不同的，这是非常重要的。

如果找到了4片叶子的三叶草

"这是新品种吗？好少见啊。"

高一的学生拿过来的，是三叶草的叶子。不过，它不同于一般的三叶草。叶子的前面，还有一截像是很小的叶子的东西伸在外面。

"这不是新品种，不过挺有趣。"

"不，它绝对是新品种，绝对。"

他毫不退让。但这确实是三叶草的异种。4片叶子的三叶草确实也能见到，但说实话，这种异种我还是初次看到。

有时还会有人拿这样的东西来。

"这是1片叶子的三叶草啊。"

三叶草上面只长了1片叶子。

"也不是被人掐掉了。如果是掐掉的，会有掐的痕迹。你看，这是没有痕迹的。"

如她所说，这株三叶草从根部起只长了1片叶子。

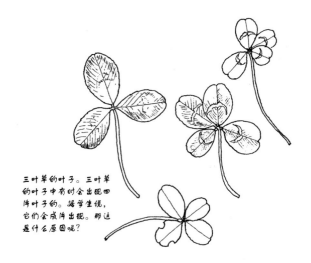

三叶草的叶子。三叶草的叶子中有时会出现四片叶子的。据学生说，它们会成片出现。那这是什么原因呢？

"我找到了8片叶子的。"

"啊，我要倒霉了。"

　　4片叶子的三叶草据说会带来幸福，但一下子有8片叶子确实有些吓人。

　　4片叶子的三叶草到底是怎样产生的，我也不清楚。其实，三叶草，包括3片叶子的在内，都只有一片叶子，所谓"3片叶子"或是"4片叶子"，都只是叶中叶这种小叶子而已。4片叶子的三叶草，是由于这小叶子的成长变异的缘故吧。但是，为什么会这样呢？据学生说，"4片叶子的三叶草在有些地方很常见"，是不是有些三叶草容易有4片叶子，而有些品种的三叶草，则不容易长成4片叶子呢？

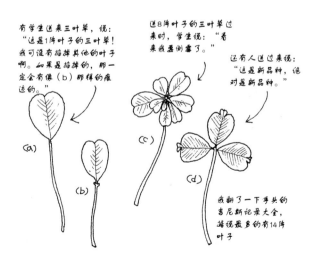

有学生送来三叶草，说："这是1片叶子的三叶草！我可没有摘掉其他的叶子啊。如果是摘掉的，那一定会有像(b)那样的痕迹的。"

送8片叶子的三叶草过来时，学生说："看来成垂倒了。"

还有人送过来说："这是新品种，绝对是新品种。"

(a)

(b)

(c)

(d)

我翻了一下手头的吉尼斯记录大全，据说最多的有14片叶子

　　不管怎么说，4片叶子的三叶草（有时是1叶或是8叶）作为一个异种，混杂在3片叶子这种普通品种中，才会被学生发现并送到了我这里。

巨大的怪物蒲公英

　　4片叶子和1片叶子的三叶草让我们知道了日常生活中存在的"不同"，野兽、鸟类的尸体，也作为日常生活中的异类被带到我这里。虫子的存在对我们来说，本来也是一种异质，是"不同"的。但是感到了它们这一异质性的人不会继续靠近它们，甚至对它们的这种异质也不太关心。因此，很多人反而看不见它的"不同"了，所以没有多少人会带虫子来我这里。

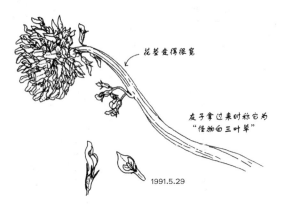

花茎变得很宽

友子拿过来时称它为
"怪物的三叶草"

1991.5.29

这个世界上到处充满了"不同"，经常是学生发现了这些不同后告诉我的。关于生物，我稍稍比学生多知道一些，但是，这反而带来了害处：我认为自己多少知道些，因此经常会忽视那些"不同"的事物。

白瘤象虫的翅膀打不开——这一"不同"点，直到五十岚告诉我之后，我才知道。这么说来，有些我们已经熟知的生物，如果仔细观察，也可以发现它的"不同"。对我来说，其代表性的例子就是蒲公英。

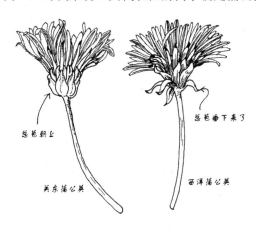

蒲公英是大家熟知的草，谁都见过，让人觉得很亲切。从这种意义来说，它们也没什么稀奇的。学生虽也经常采了过来，编成花环，但只是很简单的接触，顶多算是"戏花文化"吧。顺便说一下，我每年春天都会把蒲公英花做成天妇罗来给学生吃，这姑且可以称为"食花文化"吧。

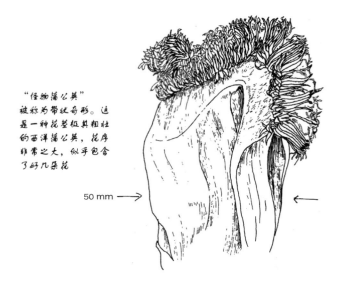

"怪物蒲公英"被称为带状奇形。这是一种花茎极其粗壮的西洋蒲公英，花序非常之大，似乎包含了好几朵花

50 mm →

不过，我们学校确实还存在着另一种"蒲公英文化"，也就是所谓的"怪物蒲公英文化"。

所谓的怪物蒲公英，是指花茎和花序（也就是普通的蒲公英的花）都巨型化、像个怪物般的蒲公英。

学校附近发现的怪物

怪物蒲公英是花茎和花序巨型化的蒲公英。

众所周知，日本的蒲公英既有本国固有的品种，也有从外国传来的品种。我们学校附近的品种则分为关东蒲公英和西洋蒲公英。

不管是什么品种，支撑着花序的花茎一般都为几毫米粗，然而，怪物蒲公英花茎的宽度则要以厘米为单位来计量。迄今为止，我见过最粗的花茎达到了11厘米。于是我们暗地里给它起了个外号叫"蒲公英之墙"。

我再来说说这个"怪物"。虽说花茎很粗，但它那巨大的横切面却不是圆形的，而是扁扁的椭圆形。花序也像毛毛虫般地趴在花茎上，就像是把一连串的普通蒲公英横着摆在一起粘起来的样子。

我决定把这个怪物蒲公英做成标本，于是用酒精泡了一下。结果，一泡到酒精里，标本就褪色了。看了我这个标本后，曾有人问我："这是海葵吗？"确实挺像的。由此可见，它有多么不像蒲公英。

在我们的日常生活中，蒲公英给人一种非常明快、活泼、快乐的印象。而就在这样的蒲公英里面，还公然生长着这种酷似海葵的怪物蒲公英，真让人感到意外。

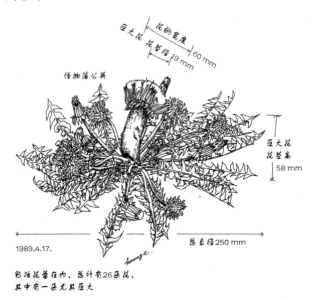

正因为所谓的蒲公英被认为是"一般"的形象，所以这种怪物的"奇怪"才尤为醒目。而正因为"奇怪"，它才能吸引我们，让我们一直都保持兴趣，因此学校里才有了所谓的"怪物蒲公英文化"。

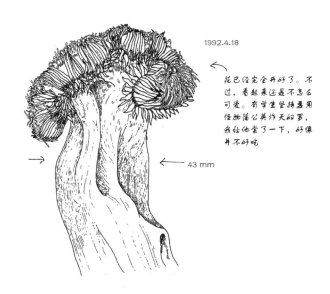

1992.4.18

花已经完全开好了。不过，看起来还是不怎么可爱。有学生坚持要用怪物蒲公英炸天妇罗，我让他尝了一下，好像并不好吃

← 43 mm

所谓文化，就是指在某处产生，被传承下去的东西。怪物蒲公英文化的发祥，要追溯到8年前。

当时还是中学生的笃纪，在学校附近的空地上找到了一株"怪物"。

每年，春来它就来

我们发现的怪物蒲公英，虽然花茎宽度比不上"蒲公英之墙"，但它的高度以及花茎扭曲的程度都让我们很震撼。这是我们发现的所有蒲公英中让我们印象最为深刻的。与这"蒲公英第一号"的相遇，改变了我们对蒲公英的印象。

成了绒毛

从上面看到的怪物蒲公英

在这之前，我们确实也曾经着手对西洋蒲公英和关东蒲公英进行过分布调查，但总是不了了之。可以说，我们对于刻意去观察蒲公英的热情还是有所不足。然而，与这种"奇怪"的蒲公英的相遇，让我们的意识发生了变化。

"这是什么东西呀？"

"我还想再看看怪物蒲公英。"

就这样，我对普通的蒲公英也更加关注起来了。

不仅是我，学生们也是如此。

知道了怪物蒲公英后，我们也会开始关注普通的蒲公英，更多地驻足观察。我们称这为"怪物蒲公英效果"，这种效果成了我们蒲公英文化的原动力。

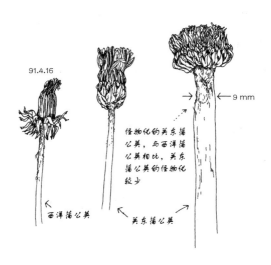

不过，如果与怪物蒲公英的相遇仅仅停留在这"第一号"的话，那也就不会产生"怪物文化"了。"怪物文化"之所以在我们中间发芽，当然确实是发源于与"第一号"的相遇，但我们真正完全折服于怪物蒲公英，还是在2年之后。

发现了第一号2年后，学校附近的空地上一下子长出了22株怪物蒲公英。从此之后，每年一到春天，在学校附近，怪物蒲公英就会成片地出现。

"今年出现了吗？"

"操场上的怪物蒲公英已经开了呀。"

就这样，每年一到春天，我的身边就会有关于怪物蒲公英的各种信息。亚礼、石井、瑞穗这些探寻怪物蒲公英的小行家应运而生，每年毕业后，又会有新的学生源源不断地加入进来，于是信息也被传承下去。

分又的蒲公英，自从发现了怪物蒲公英后，我也开始注意其他的异种蒲公英了

据说在北海道也曾出现过

1986年出现了第一号怪物。1988年，首次看到了成片的怪物蒲公英，其数量为22株，1989年发现的总数为23株，1990年28株，1991年47株，1992年51株，93年27株，大致就是这样一种情况。

我们以1993年为例，来看一下具体情况。

4月9日。瑞穗第一个带来了今年发现怪物蒲公英的消息。每年都是学生比我先发现蒲公英，然后我才意识到怪物蒲公英的季节到了。

4月12日。由于之前一直为我逐一报告怪物蒲公英分布情况的石井毕业了，我只能亲自上阵。正好遇到来上课的广子，于是拉着她一起调查怪物蒲公英的分布情况。几天后，安田君在中学二年级的课上让学生调查蒲公英。不管是我的调查，还是二年级学生的调查，都显示出今年的怪物蒲公英很少。

4月19日。毕业了的石井打来电话说，他4年前在他家院子里播下了怪物蒲公英的种子，今年院子里长出了怪物蒲公英。

4月27日。在学校里又新发现了长着怪物蒲公英的地方。

6月6日。去北海道修学旅行的学生们告诉我说，"在北海道很多地方都看到了怪物蒲公英"。于是，作为伴手礼、他们给我带了蒲公英标本回来。

那么，这种怪物蒲公英到底是什么东西呢？学生在修学旅行的北海道都能看到，可见，这种怪物蒲公英并不是我们学校附近的特产。所谓的"带状奇形"，其实在西洋蒲公英中早就已经存在了。

所谓带状奇形，是指茎或花茎呈现出带状蔓延的奇型，这是在多种植物中时而可见的现象。不过，问题是，这种奇型为什么会发生呢？

还有，为什么在我们学校周边，这种怪物蒲公英每年都会成片出现呢？关于这个问题，我来说一下我个人见解的变化吧。

学生在北海道修学旅行时
带回来的，北海道产的怪
物蒲公英

1990.6.11

致死疾病的前兆？

当怪物蒲公英在1988年成片出现时，我们都非常惊讶。

"除草剂的影响？"

"难道是切尔诺贝利的影响……"

"是不是突然发生变异了？"

真是众说纷纭。于是，我给兵库教育大学的山田卓三老师写了信，向他请教蒲公英的带状奇形的形成原因。据山田老师说，带状奇形可以分为遗传性的和

非遗传性的，所谓非遗传性的，比如茎被踩了而发生
变异。后来，我还查阅了书籍，据说有些带状奇形是
由于螨螨或病毒等的刺激而引起的。

菅泽带来的带状奇形
菊科园艺植物

1992.6.11.

　　不仅仅是蒲公英，不久，学生们又带来了雏菊、
皋月杜鹃、白三叶等的带状奇形。但我最关心的是，
每年在同一位置是否会长出怪物蒲公英来。

　　这样一来，我开始满心期待春天蒲公英的开花
了，这在以前是难以想象的。

　　于是在1989年，我千等万等的春天终于来了。怪物蒲公英果然还是如约而至了。这些怪物蒲公英究竟是不是从去年的根上发出来的呢？由于之前没有对蒲公英根做标记，所以一切都无所说起。这一年，亚纪他们发现了新的怪物蒲公英生长地。

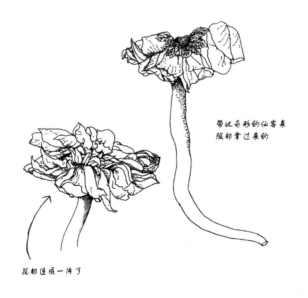

带状奇形的仙客来
服部拿过来的

花都连成一片了

　　1990年和1991年，也都发现了怪物蒲公英。我注意到了一个问题，为了进行确认，我焦急地等待着1992年的春天。

果然如此。1992年春天，对怪物蒲公英进行调查后，我确信了。去年，一度怪物蒲公英生长茂密，参与调查的中学一年级学生们称之为"怪物一条街"的小路两旁，今年几乎没出现怪物。也就是说，怪物蒲公英出现的地方，是因年份而变化的。

确实，每年怪物蒲公英出现最茂密的地点在变化，不仅如此，在过去曾经出现过怪物的地方，甚至蒲公英都好像在减少。怪物蒲公英的出现，对于蒲公英来说，难道是致死疾病的前兆？

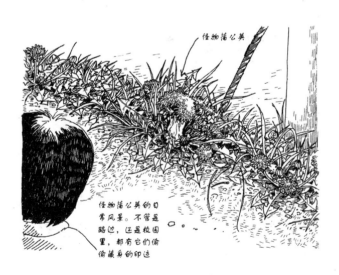

怪物蒲公英的日常风景。不管是路边，还是校园里，都有它们偷偷藏身的印迹

怪物之谜尚未揭开

1993年春天，"怪物"的发生地点，果然还是不同于去年。1988年第一次成片出现"怪物"的地点，自1991年之后，再没有过一株怪物。1989年亚纪他们所发现的发生地，"怪物"的数量逐年分别为11株、20株、4株、0株、2株，以1990年为顶峰，之后一路走低。看来，一旦怪物蒲公英出现，当地蒲公英就会开始灭绝，对于蒲公英而言，怪物蒲公英是一种很恐怖的病吧？

我正在这么思考着，突然石井打电话来了。为了确认怪物蒲公英的遗传性，他4年前在院子里播下了怪物蒲公英的种子。之后，一直也没听说那里长出了怪物蒲公英，但到了今年，院子里出现了怪物蒲公英。那么，这种怪物蒲公英就不是植物病，而是遗传性植物？

"不过，我只不过是在院子里撒了些种子，它们到底是不是由我播下的种子长出来的也不一定。下次要种在花盆里试验一下才行。"

他这样提醒我。这样的话，现在还不能确定是否是遗传。另一方面，一旦出现怪物蒲公英后，那株蒲公英是否会死，也需要对它进行正确标记才行。这些都还是有待以后解决的问题。

由于学校附近发现的怪物蒲公英引起的轰动，学生们有时候也会在自己家附近发现怪物蒲公英了。1993年，有学生说在北海道修学旅行时，发现了不少的怪物蒲公英。此外，学生们还在长野县、所泽（崎玉县）、武藏境（东京都）等地发现了单独出现的怪物蒲公英。除了我们发现的学校附近之外，也有其他地方每年都出现成片生长的怪物蒲公英吧。

关于怪物蒲公英之谜，我们还无法正确回答。所以，现在我还期待着春天的到来。

"今年，'怪物'会在哪里出现呢？"

转瞬即逝的1年

我们的春天是从山地林蛙的产卵开始的。

1993年1月28日，石井在学校的池子里发现了山地林蛙的卵，说是春天虽还为时过早，但春天已经不远了。

"喂，老师，我
是石井。我今天
发现……了。"
晚上他经常打电
话到我家

石井（哥哥）
（怪物蒲公英猎人）
捉虫技能也首屈一指。
比谁都更快更好地拾到
虫子尸体
山椒鱼等小动物的饲养
技能也很赞

　　接下来就是东京山椒鱼的产卵。有段时间我曾经
对产卵地调查很着迷。学校周边将建设一座高尔夫球
场，我想在建设前制作出详细的分布图，因此，我每
天都去树林里进行调查。

　　4月，在怪物蒲公英调查中，新学期开始了。
我也想探寻貉的兽道，也想和学生一起去看貉的藏
粪点。

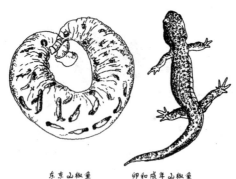

东京山椒鱼　　卵和成年山椒鱼
1989.3.18　这是石井拿来的

随着春天的新绿，虫子们也陆续登场了。正在做摇篮的卷象虫让我目不转睛，我终日在寻找步甲虫，打开象鼻虫翅膀后我也惊讶万分。要是有鼹鼠尸体到手，就暂且存放到冷库里。修学旅行时，我和学生们在新奇的大自然中一起疯。

暑假非常忙碌。即使这样，我还去校内的木料场寻找独角仙的幼虫，"哲人"佐久间会冷冷地说，"那地方谁没去过啊"。

暑假结束后，大家会在一起畅谈旅行的趣闻。我们会惊讶于阿实捡来的尸体，把他做的骨骼标本拿过来素描。

　　貉的尸体，各种各样的蘑菇……秋天也让我们惊喜连连。赤鼠、巢鼠、还有鼯鼠，晚上的自然观察也很让我不舍。真希望大自然能多给我点时间，可秋天就这样结束了。

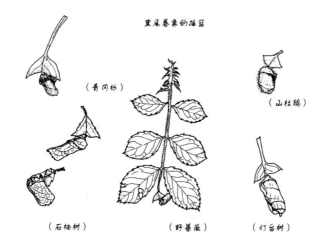

里尾蓑象的摇篮

（青冈栎）

（山杜鹃）

（石楠树）

（野蔷薇）

（灯台树）

　　冬日，树林里叶子落尽，我和安田一起踏进去寻找越冬的昆虫。在麻栎树的树干上，找到臭虫的卵块，在家里的阳台上，搅动堆起来的虫子尸体。

　　春天快来吧，不过冬天也别急着走，还有些东西我还没仔细看呢。

　　日子这样一天天度过，我们的兴趣也变化不定。

何以捡君还？

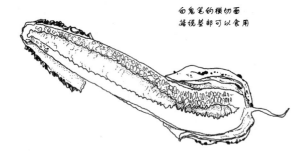

白鬼笔的横切面
据说茎部可以食用

田瓶拿来的白鬼笔（1990年11月7日）
白鬼笔是形状怪异的蘑菇，因此，学
生看到后觉得稀奇就拿过来了

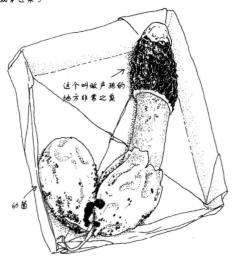

这个叫做产孢的
地方非常之臭

幼菌

越来越投身于"奇怪"

我们每天随时随地都会与生物相遇。平时没注意过的东西，通过某个小小的"奇怪"的点，都会激起我们的兴趣。从这种意义来说，不管是虫子、植物，还是野兽，都是很有趣的。

"想做的事，都去试试如何？"

我抱怨没有时间的时候，朋友田熊就提醒我说。是呀，光田老师不也说过同样的话吗？

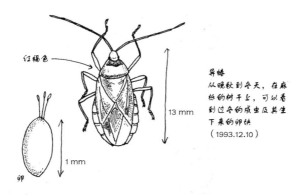

在街上，我偶遇了毕业生风间，她曾是我们解剖团的一员。我们一边走一边聊起了她今后的出路。

"你得有一个能让自己去认识世界的手段或是量尺，不管什么都可以。"

　　"这样啊，什么都可以吗？关于以后的出路，我现在还一点点头绪都没有。还是得先做点什么事啊。"

　　在和她聊天的时候，我突然也自我反省起来。

　　"我们每个人都需要有适合自己的认识世界的手段。"

　　我确实喜欢生物，但是现在，我觉得自己比以前更喜欢生物了。可以说，对我来说，观察生物，也许就是我观察世界的手段。

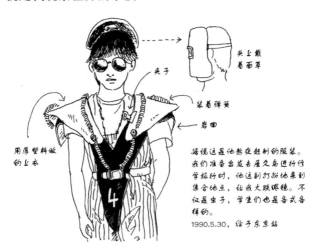

据说这是他热衷赶制的服装。我们准备出发去屋久岛进行修学旅行时，他边迟到打扮地来到集合地点，惹成大跌眼镜。不仅是虫子，学生们也是各式各样的。
1990.5.30，徐于东京站

　　那这是从什么时候开始的呢？也许就是从在屋久岛的山上发生的事情开始的吧。

我从小就开始与生物接触，不知不觉中，这也为我打下了基础。而让我从这个小小的平台上展翅高飞，则是有赖于屋久岛上的经历。但是，那绝不是全部。

成为教师也造就了如今的我。同时，这也为如今的我打下了新的基础。教师可以与学生一起观察自然，如果不充分利用这一立场就太可惜了。

当了教师几年后，我更加确信了这一想法。从那时起，我下了决心，学生带给我的任何东西，不论大小我都要记录下来。

今后我也要继续努力捡尸体

虽说不用刻意回顾，但看来我还是有些"多情"的。观察着虫子，就忍不住想看蘑菇，不久又移情别恋到了貉。这一方面是没有长性，反过来说，也可以说我是"想看尽所有的生物"。这样也没关系吧。

日常都是琐碎杂事。学生过来告诉我的事，也不是每次都很有趣的，但每一次我都会仔细倾听。不久，就能发现些什么。鼹鼠的尸体，如果积累了二三十具的话，也会呈现出什么来的。

　　平时的细小积累和带来飞跃的机遇，每天都错综复杂，向我汹涌而至。如果我自己无法看清，那就尽量将它们全部接受下来。说不定什么时候，其中突然就会诞生出什么来。

　　动物尸体很吓人，虫子很恶心，喜欢尸体的人很吓人，喜欢虫子的人很恶心。是这样的吗？并非如此。

　　在吓人的东西里面，也有不少有趣的东西。古怪的人才会有趣。如果无法体会这样的趣味，不是很可惜吗？

●日常的怪事之1
她里突然出现了蛋
附近的人来报告说，"早上起来，
我突然发现她里有个蛋。这是什
么呀？"光听他这么说，我也不
知道是什么情况，于是马上从他
拿了过来。我看了一下，这应该
是住在附近的番鸭在外出时下在
这里的蛋

●日常的怪事之2
麻雀上吊了！
"麻雀上吊了！"
学生的报告让我大吃一惊，于是
马上赶往现场。在应急楼梯上方
屋檐铁架上，确实有一只麻雀垂
了下来。经过现场调查后发现，
它应该是在筑巢过程中，绕在筑
巢用的线上死掉的

　　"通过动物尸体，我们也可以看到整个世界的。"

　　如今，我是这样认为的。毫无疑问，是我与学生的相互关系造就了如今的我。

　　所以，我今后也将和学生们一起，更加努力地收集动物尸体。

1993.11.25
裕子他们捡回来的
三道眉草鹀尸体

最后的话

放完假后，我在学校看到了阿实后就问他："怎么样？捡到了吧？"

"6具头骨，还有许多脊骨，很多了！"

看到他装得满满的6箱骨头，我完全说不出话来了。

春假时，我曾去九州的五岛列岛旅行。受阿实在北海道捡到海豚骨架的刺激，我下决心也要捡些回来。我很幸运地发现了巨头鲸的头骨。不过，遗憾的是，上面还有些腐烂的肉，我怎么也鼓不起勇气捡回来。最后，我只带回来了几块脊骨和下颚骨。

回来后我把这事告诉了阿实，于是，这次阿实利用放假去了五岛列岛。他不仅捡回了我上次没捡的头骨，还带回来了比那多好几倍的骨头。

"我在海滩上看到这些骨头时，可开心了，在海滩上到处跑。我自己都觉得奇怪。不过，当时的兴奋，如果不是开始收集骨头，是无法体会到的。"

"嗯，我懂你的心情。"

正好那天我住在学校，所以和阿实聊捡骨头的事聊到很晚。有个住宿生也加入到我们的谈话来。

"这次的骨头，没有那么臭啊。不过，你们捡这么多骨头来干什么呢？骨头好玩吗？还是就喜欢收集？"

听他这么问，我和阿实不由得相互望了一眼。

"收集也很有趣，怎么说呢，可以说是双重有趣吧……"

阿实的回答支支吾吾，我却也有同感……

"那为什么捡骨头呢？"

"捡骨头有意思吗？"

要回答这个问题，不是一言两语可以说清的。为了让人能够稍稍了解我们的想法，我才写了这本书。

事实上，虽说我现在已经当了10年老师了，但我还是不擅长和人说话，面对学生也不例外。说实话，我在野外面对生物的时候是最开心的，也是最轻松的。说起来有些对不住学生，和学生交流让我觉得很累。但是，他们会不由分说地打破我喜欢藏身的壳，我一旦课上得不好，学生的反应也会毫不客气，还会发现我丝毫注意不到的东西，让我惊讶、懊恼。

我也曾想过，如果可以躲在深山里过着像神仙一样的生活，那该有多好啊。但我又想，如果那样的话，我就无法获得如今这样的刺激了。确实如此。所以，我一边感到烦恼，同时又感到正在一步步接近孩提时代的"梦想"。

最后，我要向建议我出版本书的动物社的久木亮一先生，以及引荐我结识久木先生的金井塚务先生，致以诚挚的谢意。

文库版后记

15年过去了。

我从自由森林学园辞职，移居到了冲绳。最初的1年我没有工作，后来参与到了朋友建立的自由学校活动，最后，到以培养教师为目的的大学任职。

我生活的地方，在冲绳县厅所在地那霸。

从家里到学校，步行要30分钟左右，环顾四周都是高楼。路上也没有被车撞死的貉等动物的尸体。冲绳地区分布的陆生哺乳类，本来种类就很有限。

尽管如此，我逐渐知道，在冲绳碰到的学生们好像都很喜欢骨头。如果貉找不着，那就收集海龟和红颊獴的骨头。于是，大学的理科实验室慢慢地变成了"骨头房间"。

有一天，我去大阪参加某个活动。

我看到了阿实正在讲台上讲解标本的制作方法。

在阿实旁边，来自德国的标本师正在制作乌鸦标本，阿实在为我们进行讲解。会场里的人们聚精会神地听着阿实的讲解。这是大阪市立自然史博物馆第39回特别展览"骨头探险队"的一个场面。来自全国各地的骨头迷齐聚一堂，别名"骨头峰会"。

阿实高中毕业后来跟我商量今后的打算时，我随口告诉他，"德国好像有个著名的标本制作学校"，其实我也是道听途说的。但听到了这一近乎于谣言的消息后，阿实马上就飞了过去，而且还打听到了那所学校的地址，最终入学了。他在鲁尔区的波鸿市立标本制作技术职业学校，学习了3年标本师课程。毕业后，他在德国威斯巴登州立博物馆当了7年标本师，后来又回到了日本。

邀请阿实来演讲的，是曾给我寄过牛脐带的牧子。牧子从文科大学毕业后，曾在大阪市立自然史博物馆做过一段时间的馆员，不久她就开始在博物馆中从事制作标本的志愿者活动。这一活动甚至吸引来了不少小学生，作为"难波骨头团"而闻名遐迩。大阪市自然史博物馆举行的"骨头探险队"展览，无非也是这"难波骨头团"组织的活动。

牧子组织的活动邀请了阿实来进行演讲，这一场景，让身处会场一角的我感慨万千。

"真是后生可畏啊！不知不觉中，我就被完全超越了。"

那么，怎样才能反超回来呢？

再去什么地方找找骨头吧。

本书初版发行于1994年，其后就处于售罄状态。本书还出版有韩文版，这次出版的文库本，对于作者而言也是意想不到的惊喜。本次文库本化过程中，对内容等的修改都控制在了最低限度。此外，对本书的文库本化一事，初版发行方——动物社的久木亮一先生欣然许可，在此表示谢意。

为了使"标本师"这一工作在日本也得到认可，阿实正在神奈川县立生命之星地球博物馆开展活动。而牧子则在"难波骨头团"的活动基础上，积极组织了"骨头探险队""骨头水族馆"等绘本制作活动。在本书中出现过的其他人物，如今也都各自活跃在各个领域（比如，安田成了著名的昆虫摄影师，代表性作品有《芋虫手册》（文一综合出版）等）。本书也得益于书中各位人物。最后，再次向本书中的各位出场人物表示感谢。

阅读了本书的读者中，如果对骨骼标本制作感兴趣，可参照拙著（与安田守合著）《骨头的学校》（木魂社）。此外，大阪市立自然史博物馆的第二届"骨头峰会"将于2011年10月9日召开。如能来参加此类会议，也可融入被骨头魅力所吸引的人的圈子。

最后，衷心希望对自然感兴趣的人越来越多。

2010年12月20日

解说　怪人的谱系

养老孟司

喜欢自然的人有很多，这些人往往会被认为有些奇怪，可以说全世界都如此。

在英国，这样的人被称为自然主义者，而日本还没有这样的说法，只是简单地统称为怪人，可能大家就是这么认为的吧。

日本虽是个自然资源丰富的国家，然而日本人好像并不如此认为。大家都愿意住在城市里，都喜欢聚集在中心城市。西日本自然森林的新绿之美，简直难以言表。在那里，植物的多样性一览无余。但是，大家所钟爱的却是枫叶，汽车地图上常常有枫叶标志映入眼帘。我们欣赏自然的眼光似乎已经被格式化了。

作者是典型的自然主义者。自然界既有美丽

的事物，也有丑陋的东西。谈到自然食品，大家就会觉得是"好东西"。但是地震、火山爆发、尸体等也是"自然"，却几乎没有人认为它们是"好东西"吧。随着城市化的发展，自然成了"好东西"。其实，它不好也不坏。自然就是自然，天然无需修饰。我认为，直面最真实自然的，就是自然主义者。

自然之所以成为"好东西"，是因为社会太偏向于人工化了。在城市中适应了都市生活之后，自然就看起来与自己无缘了。笔者从中捡拾出了自然。其象征，就是动物的尸体，是蟑螂，是畸形蒲公英，等等。要说为什么蒲公英是畸形的呢？那正象征着人类吧。自然界也产生了如人类般的"怪物"。正视自然，其实就是正视人类自己。

田地里栽了水稻，水稻吸取了空气、水和泥土，产出了大米，那些米又成就了我们的身体，因此可以说，我们的身体就是自然的产物。但是，看到水稻和泥土，如今又有多少人会想到这些最终都会"变成我们自己"呢？以前的人还常说"生于土，归于土"，而如今的人都认为泥土之类的跟我们毫无关系了吧。由此可见，我们即将彻底被混凝土和沥青掩埋了吧。

作者不管什么都画成画，大概这也是日本的传统。在记录大自然时，仅靠语言是不够的。上面我已经说过"难以言表"，只有日本文化才能够理解，所以才画成了画，"以心传心"。什么都"化为语言"的是都市，所以《圣经》里才会说"最先有了语言"。都市里只有人，或是由人创造的东西。如果那样的话，仅有语言就足够了。无法成为语言的东西当不存在就可以了，所以，都市里才会发生"不能有"的事。然而在自然界中，对于存在的事物，我们是无能为力的。面对着台风和地震，再怎么说教"不能有"也是无济于事的。

作者的画很有说服力。书里记录了这样的轶事：作者在学生时期去了屋久岛，在那里四处写生，回到家重新"誊写"后，请尊敬的老师看了，结果却被评价"画已经死了"。这也是日本式的吧。这是非常有意义的故事，但如今能理解的人却不多了吧。画怎么

会有死的活的呢，不都是画吗？很多人心里都会这样
想吧。

画是活着的，还是已经死了，对此进行鉴别的
是眼睛，而不是画。自然主义者所训练的是自己的
眼睛，而都市生活会毁掉这双眼睛。所以，都市人
最先失去的是"看人的眼睛"，这种眼睛失去后，
就不得不进行考试了。不管是入学还是升职，都
是考试成绩说了算。所以，一切都成了分数，成了
钱，成了股价。分数和金额是为没有眼睛的人而存
在的。在电视的《鉴宝》节目里，"值多少钱"成
了轰动全场的关键。

在测量虫子各部分的比率时，如果偏差超过 $\frac{1}{10}$，
那我们马上就可以目测出来。如果目测不出偏差，则
可以认为其不超过 $\frac{1}{10}$。即使再进行精确测量，也很
难确定是否存在统计性差异。也就是说，不需测量，
"看了就明白"。统计只关注对象，却不注重在看
的人。所以，我们通过统计无法了解的，是我们人
类自己。统计再精密，如果统计的人不够精确，那
么统计的精密就没有意义。如果说某种病的致死率

是14%，那么对于当事人来说，是生是死还是各占50%的可能。

画之所以有效，就是因为这一原因吧。画所体现出的是作者的精密程度，而不是对象的精密。与对象紧密结合的画叫做图。但是，画与图之间的界限并不清晰，所以，在江户时代有一种叫做"图画"的东西。其中确切存在的，是对象与观察者之间的联系。这就是日本，不会陷入纯粹客观或是纯粹主观的原教旨主义。看了这个，我才松了一口气：原来我也是日本人。我想作者一定是位好老师，所以学生们才会被吸引过来，成了"骨头迷"。

最近我有幸参加了几次新年茶会。此时，当然会有关于茶具的讲解，他们的讲解非常细致详实，我听着听着，就觉得这简直和"虫迷"们讲解标本时一模一样。或许这也是日本的传统。

我曾经问过已故的罗斯柴尔德家族成员玛丽·罗斯柴尔德"什么是自然史？"她的回答让我记忆深刻："自然史不是大学里教授的科目，而是人类的生活方式。"玛丽的父亲是蚤类研究专家，叔父则是蝴蝶类收集家。

　　如今，日本国土的近7成还是森林，这样的"文明国家"在世界上已经所剩不多了。在这样的国家里，不接触自然的人却越来越多，好像有点不对劲。作者说自己是怪人，其实，也许作者的生活方式才是正统的吧。

（养老孟司·解剖学者）